私のめんどくさい幽霊さん

未礼

JN131324

一二三文庫

この物語はフィクションです。
実在の人物、団体等とは一切関係がありません。

目次

プロローグ……004
一章　迷子の幽霊……018
二章　もう二度と会えませんように……055
幕間　再会記念パーティ……130
三章　ペアで行く沖縄旅行二泊三日の旅……139
四章　杏の貝殻……198
エピローグ……263

プロローグ

「俺が、見えるのか？」

気怠《けだる》い月曜日の、午後三時。

大学前で友人と別れ帰路についた日花《にちか》に、一人の男がそう話しかけてきた。

辺りを見渡す。他に人はいない。

「見えますよ」

男に向かってそう返事をする。昭和のドラマに出てきそうな渋い男前は、その返事に感極まったように唇を震わせた。

「ようやく……ようやく見つけた……」

祈るように握り合わせた両手を額に押し当てて、男はそう呟く。それから顔を上げ、今にも泣きだしそうな表情で日花に一歩迫った。

「頼みが、あるんだ……」

「お話を聞いて、私にできそうなことでしたらお手伝いします」

日花にとってはもう何度も口にしている言葉だった。しかし彼にとってはその返事は意外なものだったのだろう。

「聞いて……くれるのか……？」

「まずはお話だけ。私に叶えられることなのかどうか、まだわからないので」

「聞いてくれ、頼む」

縋《すが》るような言葉に、頷いて見せる。男は狼狽《うろた》えたまま、拳をぎゅっと握った。

「手紙を代筆して、届けてほしい」

「どこへ届けるんですか？」

彼が答えたのは、ここからバスで一時間もかからずに行ける場所だった。

腕時計を見る。行って帰ってきても、明日の授業には影響はないだろう。ちょうど封筒と、レポート用紙だが便箋の代わりになるものも持っている。

「いいですよ」

「……本当にか？」

「はい、お手伝いします」

希望通りになっただろうに、どこか呆然と彼は立ちすくんでいた。

何年、何十年と頼みを聞いてくれる人を待っていたのだろう。ある日突然現れてあっさり頼みごとを引き受けた日花を前にして、拍子抜けしてしまったらしい。

「どこかに座りましょう」と声をかけ、二人で近くの公園のベンチに座った。

ゆっくりと、ぽつりぽつり呟かれる彼の言葉を紙に書き取る。

それは来月には帰るということ、土産《みやげ》に買ったもの、長い間待たせてすまなかったという謝罪と、帰ったら結婚しようという内容だった。

愛の告白を記したその手紙にシンプルな白い縦封筒はなんとも味気《あじけ》なかったが、言われたとおりに宛名に女性の名前を記す。

封筒に封をしながら、日花は隣の男を見上げた。

「それじゃあ、行きま――」

「あ！　やっぱり日花だ！」

遠くから名を呼ばれ、言葉を切って声のほうを振り向く。公園の入り口から笑顔で手を振って歩いてくるのは、先ほど別れた友人とは別の友人だった。

「こんな所で一人で、何してるの？」

「手紙を書いてた」

手に持っていた封筒を持ち上げて見せる。友人は「なんでこんな所で」と笑った。

「すぐに出さないといけないの」

「そっか。じゃあ出しに行ったあと、どこかに寄ろうよ」

「ごめん。頼まれごとしてて、今からバスで行かないと」

友人が唇を尖らせる。

「日花はいつも忙しいなぁ」

「ごめんね」

「いいよ。今度暇なとき教えてよ。そうそう！　一緒に雑誌で見たパンケーキのお店、この近くにできたって知ってる？」

「え、知らない」

「絶対並ぶけどさ、一緒に行こうよ」

「わかった。時間ができたら連絡する」

「楽しみにしてるからね！」

手を振って彼女を見送る。道路の向こうにその姿が消えたのを見届けてから、隣に座る男を振り返った。

「お待たせしました。行きましょう」

「……すまないな」

「構いません」

先に彼の頼みを聞くと約束をしたのだから、気にすることはない。

公園の前の停留所に着くと、いいタイミングでバスがやってきた。洗車したばかりなのかピカピカの車体に、日花の姿がぼんやり映る。しかしすぐ隣に立つ男の姿は映らない。

それは彼が、体が死んだあとに残った魂だけの存在、いわゆる幽霊だからだ。

乗客のほとんどいないバスに乗り、二人で一番後ろの席に少し離れて座る。長旅になる。鞄《かばん》から読みかけの小説を取り出したが、しおりが挟んであるページを開く前に男が話しかけてきた。

「随分《ずいぶん》と落ち着いているんだな。……俺が怖くないのか？」

ちらりと視線をやると、彼は窓枠に肘《ひじ》をついて外を見たままだ。日花は手に持っていた本を膝《ひざ》の上に置き、下を見たまま答えた。

「怖くありませんよ。すごくイケメンだし」

「イケ……？」

「とても男前です」

少しの間があって、返ってきたのは訝《いぶか》しむ声だ。

「生前は、一度も男前だなんて言われたことはなかったな」

口元だけで笑って見せる。

「私が見ているあなたの外見と、あなたの生前の姿は別のものですよ」

「……それはなぜ？」

ううんと唸《うな》る。

「受け売りなんですけど……幽霊って実体のない不確かなものだから、見る人によって姿かたちが変わってくるんじゃないかって。だから見る人が想像する姿、望む姿で見えるんじゃないかって思ってます」

「それで君には、男前に見えると」

「そうしたら、怖くないでしょう?」

　そう言うと沈黙が落ちて、男を見るとやはり仏頂面《ぶっちょうづら》をしていた。確かに自分の見た目を勝手に変えられるのは、そう気分のいいものではないだろう。しかしこれには深い訳がある。

「私、物心ついた頃からずっと幽霊が見えていたんです」

　昔話を始めると、彼は背もたれに体を深く預け――実際には幽霊は僅かに浮いているのでそう見える格好をして、顔を少しこちらに傾けて話を聞く体勢になった。

「それが普通じゃないって知ったのは、小学生になってからでした」

　人の形をしているのに人でないものがみんなには見えていないことや、そしてそれが恐ろしいことだと知ったのもそのときだ。

「ずっと彼らは、まるで風景のように私の近くにいて、私にとってはそれが当たり前でした。だから怖いだなんて思ったこともなかった。でもそれが普通の人には見えないものだと知って、ある日突然恐ろしいものに見え始めたんです」

　怯《おび》えた顔を向けることで日花には自分の姿が見えるのだと気付いた幽霊が、血を流し、目玉や歯をポロポロと落としながら近付いてきて尋ねるのだ。

「俺が」「私が」「見えるのか？」

怯えて外に出られなくなった日花に、父親や兄たちは学校で虐《いじ》められているのではないかと考えたようだが、母親だけは違った。

「怖くて部屋からも出られなくなって、でも母親だけはその理由に気付いたんです。母親にも、幽霊が見えていたから」

布団にくるまる日花を抱き締めて、彼女は初めて日花に自身の秘密を打ち明けた。

お母さんもおばけが見えるのよ、と。

「人間の脳は単純だから、怖いと思ったら怖いし、可愛《かわい》いと思ったら可愛いし、男前だと思ったら男前に見えるんだって、母親は言いました」

母親と同じ位置に幽霊が見えているのに、日花にはそれが血まみれの生首を腕に抱いた幽霊に、母親には当時大人気だった女性アイドル似のそれはもう可愛い幽霊に見えていた。

「だから、私が幽霊は怖いものだと思い続けていたら、一生怖いものにしか見えないんです。そんな生活は耐えられないと、幽霊を怖くないものにするための特訓の日々が始まりました。最初は母親が隠し持っていた秘蔵のイケメンアイドルＤＶＤを観て」

「デーブイ……？」

「実際にコンサートにも行ったりして」

「コン……」

毎日毎日アイドル漬けだ。そのとき初めて、母親が隠れアイドルオタクだと知った。

幽霊がこんなに格好よかったら、可愛かったらいいのになと思い込みなさいという洗脳に近い特訓が功を奏して、少しずつ恐ろしい外見をした幽霊は減っていき、日花は立派なアイドル好きとして日常生活へと戻っていった。

時が経ち、いつの間にか母親は二次元のアイドルグループに、日花は海外俳優に興味をシフトし、お互いの健闘を祈りつつ別々の道を歩んでいるが、母親のこの特訓がなければ、日花はいまだに普通に生活することもできていなかったかもしれない。

「そうやって私は、幽霊は美男美女だって思い込んで実際にそう見えるようになって、だから今もあなたとこうやって普通にお喋りができるんです」

「……よくわからない言葉もあったが、つまり幽霊が見目麗《みめうるわ》しい男女に見えるおかげで、今の君の世界は平和なんだな」

「そういうことです」

「納得した」

この世に未練を残し苦しみ続ける幽霊を美男美女に仕立て上げ、眺めて楽しんでいるわけではないとわかってもらえたらしい。彼がまた窓の外を見たので、日花も膝の上の本に視線を落とした。

本を読んでいるとあっという間に目的地だ。運賃を支払って外に出て、去っていくバスを見てから幽霊を見上げた。

「住所はわかりますか？」

「こっちだ」

そう言って歩き出した幽霊のあとを追う。都心からは離れたが、住宅が密集する知らない街を縫うように歩き、たどり着いたのは寂《さび》れた墓場だった。その中に、全く手入れされていない大きな慰霊碑があった。彼はその前で立ち止まって、もう読めない名前の窪《くぼ》みを指で撫でる。

「この人だ。……先に死んだのは俺なのに、一人でさっさと、逝《い》ってしまって」

そう言って彼は喉を詰まらせる。日花は黙ってしゃがんで、慰霊碑の周りに生えている雑草を抜き始めた。

「……そこまでしてもらわなくてもいい」

「全部は無理だけど、前面くらいはしますよ。せっかくここまで来たんですから」

幸い前日までの雨で草は抜きやすい。

「……手伝えんのが、もどかしいな」

「だったら、お話を聞かせてもらえませんか？　私の話もしましたし」

顔を上げずにそうお願いする。幽霊がたじろいだのが気配でわかった。少し悩んだようだが、結局彼は控えめな声で語り始める。

「彼女は……家が決めた許嫁《いいなずけ》で、幼馴染《おさななじみ》だ。なんだ、まあ……想い合っていたよ。俺は体があまり強くなく兵役《へいえき》は逃れたんだが、代わりに国から仕事を充てがわれて、家と彼女と離れて暮らしていた」

許嫁、兵役。彼はとても昔からいる幽霊のようだ。

指先が痛む。雑草で手を切ったかもしれない。話の邪魔をしないように黙々と草を抜き続ける。

「ようやくその仕事が終わって、もうじき帰れるというところだった。嬉しくて、親兄弟よりも先に彼女へ手紙を書いて、それを投函《とうかん》しに行く道すがらだ。何度も起こしていた発作を起こして倒れて、病院へ運ばれて。結局生きて病院を出ることは叶わなかった」

彼は日花の隣に腰を下ろす。

「気付いたら発作を起こしたときに落とした手紙のそばにいた。誰にも気付いてもらえず手紙は朽ちて土に返ったというのに、俺はいつまでもこのままだ。ようやくそこを離れて故郷に帰る決心をしたが、たどり着いたそこにはもう村はなかった。そのとき初めて、空襲で村が焼け野原になったと知ったんだ。家族も、彼女も生きていないとわかって、それなのに俺は……いつまでも……」

何度も大きく深呼吸し、彼は息を詰めた。大声で泣いてしまえばいいのに、男の人は大変だ。

「しかし、ようやくだ。ようやく今日、会いに行ける。ようやく、会える……」

草むしりは一段落ついた。彼の顔を見ないように振り返る。

「お水を汲んできますね」

墓場の入り口近くに備え付けられている桶《おけ》と柄杓《ひしゃく》を借りて水を汲む。頭上はもうほとんど緑になっている桜だ。あぜ道にはたんぽぽが咲き乱れている。ないよりはマシだろうと、たんぽぽを花束になるまで摘んだ。

慰霊碑に戻ると、幽霊はもうなんでもないという顔で立っていて日花を振り返った。日花の持つたんぽぽに視線をやるので、持ち上げてみせる。

「すぐそこに生えていたものですけど」

「十分だよ。ありがとう」

呟いて、幽霊はまだ少し赤い目を細めた。

汲んできた水をかけて慰霊碑の汚れを落として、竹でできた花瓶に水を入れてたんぽぽを生ける。そして鞄から手紙を取り出した。

男がぽつりと問う。

「……君は、なぜ俺に協力してくれたんだ？」

「ただの人助けです」

「君にはなんの得もないんだろう？」

「ありません」

むしろ、今回は数百円とはいえバス代で赤字だ。

「なぜ、そこまでするんだ？」

「人助けをしたら、あとで自分にもいいことが返ってくるって言うじゃないですか」

完全な善意ではない。見返りを求める心も混じっている。この行為を偽善だと言われたら反論もできないだろう。

「……君は、自分を偽善者に仕立て上げたいようだが」

一瞬心を読まれたのかとぎくりとして、封筒を握り締めたまま彼を見上げる。

「君は優しい人だ。……お人好《ひとよ》しとも言うかな」

あまり褒めるときには使われない言葉に、日花はふふと笑ってそれに返事をした。

「一人で帰れるか？」

「大丈夫ですよ。今は便利なものがいっぱいある時代ですから」

そう言ってポケットからスマートフォンを取り出す。幽霊は少し首を傾《かし》げて、それから何度か頷いて笑った。

「気を付けて帰ってくれ。心優しい君にこれから幸運があるように。本当に、ありがとう」

にこりと笑い返して、慰霊碑の前にしゃがむ。手紙を供えて手を合わせて、どうか二人が天国かどこかで出会えますようにと念じる。

顔を上げて隣を見ると、そこにはもう、誰もいなかった。

桶と柄杓と引いた草を片付けてバス停へ向かう。それほど本数の多くないバスがちょうど向こうからやってくるところだった。運がいい。バスの時間が合わなければ、同じ街に住む兄に迎えにきてもらおうと思っていたが、助かった。

バスの窓枠に肘をついて夕暮れの空を見る。いいことをした充足感と、物悲しさがごちゃまぜだ。

幽霊の成仏《じょうぶつ》を手伝ったあとは、いつもこんな気分にさせられる。

本を取り出したが読む気にはなれず、ぼんやりしていたせいで、いつの間にかウトウトしてしまったようだ。車内放送の「終点です」という言葉に、日花はハッと顔を上げる。慌てて膝の上の本を鞄に仕舞った。

降りようと立ち上がって、そのとき初めて、すぐ近くにスーツ姿の若い男が座っていることに気付いた。その男が立ち上がり、通路に出ようとした二人は鉢合わせる。

目が合って、日花は先にどうぞと手のひらで通路を指した。

それを見て、男は目玉が落ちそうなほど目を丸くする。そしてわなわなと唇を震わせて言った。

「姉ちゃん……俺が見えとんの？」

「……え？」

この辺りでは聞き慣れない関西弁だが、その内容はよく聞くものだ。ということは。

男を上から下まで見つめる。そして最後にその顔を見つめて、日花は呟いた。

「あれ、なんでイケメンじゃないの……？」

男の顔が驚愕に変わる。

「あ、ごめん」

つい口に出して言ってしまった。

でも、だって、幽霊にしてはその顔はあまりにも――普通で。

ショックを隠そうともしない顔と絶望しきった声で、関西弁の男は呟いた。

「もう嫌や……東京《とうきよう》怖い……」

一章　迷子の幽霊

日花は絶望した表情の男と見つめ合う。

この顔もイケメンの範疇《はんちゅう》なのだろうか。ただの好みの問題なのだろうか。贔屓目《ひいきめ》で見ればイケメンの域に入るかもしれないが、いや、やっぱりこれと言ってなんの特徴もない、ごくごく普通の青年だ。

「大丈夫?」

立ちすくむ日花にそう声をかけてきたのはバスの運転手だ。運転席から身を乗り出して日花を見る彼に「すみません、大丈夫です」と謝りながら降車口に向かう。

「ちょっ、ちょっ、ちょっと待って!」

それを関西弁の男が慌てたように追ってくる。男を振り返らずに「ありがとうございました」と乗車賃を支払った。

「はい、ありがとう」

バスを降りてちらりと後ろを見ると、関西弁の男は運賃を払わずにバスから飛び降りたが、運転手がそれを咎めることはない。見えていないようだ。

やはり彼は幽霊らしい。

「なあ姉ちゃん、見えとんのやろ⁉　ちょっと話聞いて！」

日花の前に回り込んで、男が通せんぼをするように両手を広げる。

辺りを見渡す。彼と話すには周りの目が多すぎる。

その顔を見上げて顎《あご》で進行方向をしゃくり、「来て」と口だけ動かした。返事を聞かずにそのまま男の体の中を通り抜ける。もちろん日花にだってあまり気持ちのいいものではないが、彼はそれ以上だったらしい。背後から悶えるような悲鳴が聞こえた。

「信じられへん！　見えへんねやったらわかるけど、見えとんのによう体ん中通り過ぎるわ！　ゾワッってしたでな！」

そんなことを言われたって、この人混みで何もない場所をあからさまに避けるなんて不自然な行動をとりたくない。

すぐそばのマンションに住んでいる。近所付き合いはほぼないが、それでも変な噂《うわさ》はたてられたくない。自分の姿を俯瞰《ふかん》して見ることはできないので、自意識過剰なくらい用心するに越したことはないのだ。

振り返らずにそのまま裏道に入って少し進んで、あまり整備されていない公園というには殺風景な広場にたどり着く。

ベンチの一つに座って、辺りを見渡して人がいないのを確認してから、おずおずと近付いてくる幽霊の男を見上げた。

「それで、どんな未練があるの？」

「……話聞いてくれるん？」

「人目がない所でならいくらでも」

「……俺みたいなブサイク相手したないんか思て、めっちゃショック受けとったわ」

「ブサイクとは言ってない」

イケメンではないと言っただけだ。それでもまあ、暴言は暴言だ。もし自分なら、ブサイクではないけど可愛くもないと言われたら殴りたくなるだろう。殴られなかったことに感謝して、罪滅ぼしにできるだけ話を聞こう。

「明日の授業に影響がない程度なら、成仏を手伝うけど」

日花の言葉に男はぱっと表情を明るくして、しかしすぐにそれを曇らせる。

「ちゃうねん……未練とかそういうんの前に、記憶がいっこもないねん……」

「何が原因で死んだのかの記憶がないんじゃなくて？」

そういう女の幽霊なら見たことがある。

なぜ死んだのか、どうして家からこんなに離れた場所にいるのかわからずに途方に暮れていて、名前を聞いて調べると、旅行中に車の事故に遭ったことがニュースサイトでわかった。ひどい事故で、彼女は即死だったらしい。おそらく眠っていたのだろう。それなら何も覚えていなくても仕方がない。

納得した彼女は、同乗していた夫に会いたいと成仏していった。

しかし目の前の幽霊は首を横に振る。

「なんで死んだんかの記憶もないし、自分が誰でどこに住んどってどんな顔しとるのかも思い出されへん」

日花は眉間にしわを寄せる。

「……初めてのパターンだな」

そして一番難しいパターンだ。この世に魂を縛り付けている未練がわからなければ、成仏のしようがない。

「持ち物は？」

「ハンカチ一枚持ってへん」

「パンツに名前書いてたりしない？」

「え、脱いでいい？」

「いいよ」

「脱ぐかアホ」

そう言いながらも幽霊は日花に背中を向け、ゴソゴソと前も後ろも確認しているようだ。

「書いてへんわ……」

そう言って彼は振り返って、今度はスラックスのポケットを探《さぐ》ったりジャケットを捲《めく》ったりする。

さすがにスーツを着るような歳になって持ち物に名前を書いたりはしないだろうかと思ったが、捲ったスーツのジャケットの内側に、あるものが見えて思わず声を上げた。

「待って！」

日花は立ち上がり、触れられない彼の胸に手を添わせる。

「ジャケット、そのままにして」

「ちょ、近いな……」

「ここ、名前が刺繍してある」

内ポケットの辺り、紺色の糸で小さく名前が刺繍されていた。幽霊が目を丸くする。

「ほんまや、気い付かんかった……」

ローマ字で刺繍されているそれを言葉にする。

「K・キリハラ」

「キリハラ……」

呆然と呟いて、幽霊は地面に視線を落として考え込む。

「キリハラ……きりはら……K……ケイ……」

それほど長い時間ではなかったがじっと押し黙っていた彼が、突然顔を跳ね上げた。

「蛍明《けいめい》や」

「けいめい？」

「蛍の明かり、けいめい。桐原《きりはら》蛍明」

頭の中でニワトリが鳴いたことは黙っておこう。

「思い出したのは名前だけ？」

「……名前だけ」

彼は眉尻を下げたが、名前がわかったのは大きな前進だ。

日花はスマートフォンを取り出して、検索画面を開く。

「植物の桐に原っぱの原？」

「そう」

ベンチに座って、その名前を検索する。事件や事故のニュースだけでなく、ＳＮＳを本名でしていたり、仕事関係で名前が載っていたり、学生時代に賞をとったりしているとヒットするだろう。

しかし今回は目ぼしい情報は見つからない。平仮名やローマ字で検索してもだ。

「名前関係で何か思い出せない？　例えば父親の名前の漢字を一文字もらってるとか、兄弟姉妹で同じ漢字を使ってるとか」

蛍明は長い間考え込んでいたが、結局首を横に振った。

「全く……」

大きく前進できたと思った先で、穴に落ちて身動きが取れなくなったような気分だ。

お互いの声が小さくなっていくのがわかる。

「初めて幽霊として目が覚めたのはいつ？」

「ちょうど一週間前や」

「どこで？」

「それが、覚えてへんねん……。初めは意識がぼんやりしとって、そのままバス乗ったり電車乗ったりして、気い付いたら東京におった。で、ここらへんの地名に覚えがある気して、なんや思い出されへんかってうろちょろしとって……」

曖昧《あいまい》な情報ばかりだった。

考える。

どこに住んでいたのかも、幽霊になったときにどこにいたのかもわからない。ろくな情報もない。わかるのは名前と、この辺りに覚えがあるような気がするという頼りない記憶のみ。

考えて、思った。これは、無理かもしれない。

「なあ、姉ちゃんの名前教えてよ」

不安を掻き消すためか、蛍明がわざと明るく尋ねる。一瞬迷ったが、彼に隠す意味はない。

「花岡《はなおか》日花」

素直に教えると、彼は自分から聞いたくせに眉をひそめた。

「……聞いた俺が言うのもなんやけど、初対面のどこの馬の骨ともわからん男に、そんなほいほいフルネーム教えてええんか？」

「だってあなたは幽霊でしょう？　知られたからって悪用されることはない」

たとえ彼にクレジットカードの暗証番号を知られたって、痛くも痒くもない。だって彼は成仏をしてこの世からきれいさっぱり消え去るか、誰にも見つけてもらえずひとりぼっちでこの世を彷徨《さまよ》うか、どちらかしかできない。

蛍明が唇をへの字に曲げる。

「……なんなん、えらいクールやな。慣れとんの、こういうの」

「慣れてるよ」

ベンチから立ち上がって、尻を払う。

「ずっと小さい頃から幽霊が見えていて、今まで何人もこうやって話を聞いて、可能なら成仏を手伝ってきた」

「何それ、めっちゃカッコいいやん……ゴーストバスターズやん……」

「バスターしたらだめでしょ。それに話を聞いても、その中で成仏させてあげられるのなんて……ほんの一握りだけなんだよ」

蛍明が顔を強張《こわば》らせたのがわかった。それを見ていられずに少し視線を落とす。

「残念だけど、私の手に負える話じゃない」

「……待って」

「私はちょっと幽霊が見えるだけのただの女子大生で、何か特別な能力を持ってたり、物語の中の探偵みたいに小さな証拠から手掛かりを掴んだり、警察のコネを持っていたり……そんなのじゃないの」

何か言おうとした口を閉じて、蛍明は深く俯《うつむ》く。

「名前は思い出せたんだから、何かきっかけがあれば他のことも思い出せるはず。すごく時間はかかると思うけど、まずは関西圏の地図を見たり駅名を見たりして」

「なんにも触られへんねん、この体。ネットも見られへん。地図すら開かれへん」

わかっている。だからこそ、すごく時間がかかると言った。想像もできないほどの労力と長い長い時間が。

それでも頑張るしかない、なんて言えない。

蛍明は日花の腕に手を伸ばす。もちろん手は宙を切って、彼はその手を泣きそうな顔で見てから縋るように言った。

「日花、頼む……時間が空《あ》いとるときだけでいい、協力してほしい。俺にはお前しかおらへんねん」

よく見る顔だ。手に負えないから協力できないと言ったときに、よくこの目を向けられる。できる限り協力し、できる限りの助言をして、そしてごめんなさいと謝り踵《きびす》を返すのだ。

右足をじりりと後ろへ動かす。どうしてかそれ以上足が動かない。

絶対に無理だ。手に負えない。それなのに。

日花は唇を噛み締めて、それから蛍明を睨《にら》んだ。

「私、親しくない男にお前って呼ばれるの嫌いなんだけど」

「……すみませんでした日花さん」

「呼び捨ては別にいいけど」

「ええんかい」

「蛍明」

名前を呼ばれて、蛍明がびくりと体を震わせる。

「私、決めてるの。幽霊助けは私の生活に支障のない範囲でしかしないって」

彼は眉尻を下げて俯く。

「……だから、毎日は協力できないし、できても短い時間だけかもしれない。それでもいいなら、協力する」

断られると思っていたのだろう。蛍明はまるで幽霊でも見ているかのような目で日花を見る。そしてその目をじわりと赤くして、震えた唇をぐっと曲げた。

「ありがとう……日花」

いつもの幽霊はテレビやスクリーンの中の俳優のように姿かたちが整っていて、どことなく現実から切り離したような存在だった。

しかし蛍明はどこかこう、親しみやすさというか愛嬌《あいきょう》というか、生きているような人間らしさが残っていて、どうにもこうにも放っておけない。

「何回も言うけど、覚えていて。私は生活に支障のない範囲でしか手伝えない。無理はしないし、これ以上私にはどうにもできないってわかったら、そのときは私の協力は諦めてほしい」

「わかった。覚えとく」

返事をしながらも、蛍明の目には微かに希望が灯ったようだった。

馬鹿なことをした自覚はある。イケメンじゃないなんて暴言を吐いたお詫びだ、と自分に言い聞かせる。当分の間忙しくなりそうだと、蛍明に気付かれないように細く息をついた。

「じゃあ、どうしようか。連絡を取る手段はないし、どこか決まった場所にいてもらわないといけないかもしれない。私のマンションがすぐ近くだから、この公園にいてくれたら時間があるときに会いにくるけど」

「……公園で寝泊まりもう嫌や……」

蛍明は両手で顔を覆ってみせる。

「ベンチで寝っ転がってウトウトしとったら、気い付いたらカップルが俺の上に座ってイチャついとんねんで……」

それはさすがに、そういうものを覗き見る特殊な趣味が蛍明にないのなら、心底同情する。

他に近所で寝泊まりできる場所はなかったかと考えていると、蛍明が少し遠慮がちに日花の顔を覗き込んできた。

「日花って実家暮らし？」

「ううん、一人暮らし」

「マンションの部屋、余ってない？」

彼が言いたいことを悟り、盛大に眉を寄せてみせる。

「日花の家、寄らせて」

「やだ」

即答したが、そんなことは予想済みだったらしい。被せるように言われる。

「大丈夫。俺はお前に指一本触《さわ》られへん」

「お前って言うな」

「押し入れん中でいいから！」

「嫌」

「玄関の隅でいい！」

日花はわざとらしく腕時計に目をやる。

「あ、ドラマが始まるまでにご飯食べておきたいから、もう帰るね」

「俺とドラマどっちが大事やねん！」

「ドラマに決まってるでしょ」

「絶対そう言うと思っとった！」

無視をして歩き始める。後ろからピタリと幽霊の呻《うめ》き声がついてくる。

「死ぬ前くらい人間らしい生活がしたい……」

「もう死んでるよ」

「知っとるわ！　この世の最後の寝床が公園のベンチとか段ボールとか嫌や……美人女子大生の部屋で最期を迎えたい……」

「……煽《おだ》てたってだめ」

「ちょっと揺れたくせに」

公園を出てもマンションの自動ドアをくぐっても、彼は後ろをついてくる。

これはもしや今までで一番面倒くさい幽霊に同情して協力してしまったのではないかと、日花は薄《う》っすらと勘付き始めていた。

◇◇◇

「うわ……ほんとについてきた……」

呆《あき》れた声で呟いて、日花は玄関でにっこりと立つ蛍明を見上げる。部屋に着き、わざと彼の目の前で扉を閉めてみせたが、幽霊は扉くらいすり抜けられる。

彼は上機嫌な顔で靴を脱いで、日花の隣を通り過ぎていった。

「お邪魔しまぁす。俺どこの押し入れ入っとったらいい?」

どうやら押し入れで過ごす気満々らしい。残念ながら、この部屋にはクローゼットしかない。

「……もういいよ。その辺りでくつろいでて」

「よっしゃ！　お前ならそう言ってくれると思っとった」

「私の何を知ってるの」

「鏡見てみ。顔にお人好しって書いてあるで。さすがの俺も本気で嫌がっとる女子の部屋に押し掛けたりはせえへんわ」

「本気で嫌だから出て行って」

「これで俺がしょんぼり出て行ったら、絶対罪悪感持つんやろ?」

否定できずに蛍明をじっとりと睨むと、彼は勝ち誇ったような笑みを浮かべた。本気で蹴り出してやりたい。初めからこちらが折れることを予想してついてきたのならなんて男だ。

「大丈夫、寝るときは押し入れん中で寝るから」

「……そういえば、幽霊って寝るの?」

「寝るやろ。めっちゃ寝るで俺」

ソファに飛び込んでネクタイを緩め、さっそくくつろぐ蛍明を見て、色々な感情を通り越して感心すらした。こんなに明るい幽霊を見たのは初めてかもしれない。

ため息をつきながら、家の鍵をダイニングテーブルの上に置く。その指がぴりりと痛む。

明るい部屋で見ると、墓地の草引きをした指は思っていたよりもひどい有様だった。水ですすいだだけだったので、指先は薄汚れているし爪には泥が入り込んでいる。小さな切り傷もいくつかある。その手を蛍明が覗き込んだ。

「泥だらけやん。穴掘りでもしてきたん?」

「お墓の草引きしてきたの」

洗面所へ向かうと、彼はその後ろをついてきているようだった。

「幽霊関係？」

「そう」

「その幽霊は成仏できたん？」

「できたよ。手紙を代筆してお墓に供えてほしいって頼みだったから」

蛍明はリビングと洗面所の間の壁にもたれかかって腕を組んだ。

「そんな簡単なことで成仏でききんの？」

「そんな簡単なことで成仏できるのに、その幽霊は少なくとも昭和《しょうわ》の初め頃から、下手したらもっともっと昔から、たった一人で誰にも気付かれずに彷徨い続けてたんだよ」

蛍明が言葉を失う。蛍明の一週間も彼にとってはそれはそれは深い絶望だっただろうが、それでもまだ早いほうだった。

「……そんな頻繁に幽霊に会うん？」

「そんなには。幽霊だって気付かないこともあるし。あっちから話しかけてこないと話はしないって決めてるし」

石鹸《せっけん》で念入りに手を洗う。小さな傷は放っておいても治るだろう。

「色々ルールがあるんやな」

「そうしないとキリがないから」

きれいになった手を拭って今度はキッチンへ行き、作り置きしておいた晩ご飯を冷蔵庫から取り出しレンジにかける。いつもは面倒くさくて保存容器のまま食べるが、さすがに幽霊とはいえ客がいるので簡単に皿によそった。そうは言っても、振る舞うわけではない。

蛍明はずっと日花の後ろをふらふらとついてきていた。一人になりたくないのか、それともただお喋りがしたいだけなのかもしれない。

「手作り?」

「そう」

「へー、ちゃんと料理するとかえらいな」

「そのほうが安上がりだしね。作るの嫌いじゃないし」

推し活には何かと金がかかる。今は来月発売される推しが主演を務める海外ドラマの、超豪華コンプリートボックスを買うために節約している最中だ。

いただきますと手を合わせ、箸を口に運ぶ。

じっと視線を感じる。気付かないふりをしていたが、皿が半分ほど空《から》になったあたりで気まずさが頂点に達した。日花は渋々顔を上げ、ダイニングテーブルの斜め前に座り、死んだ魚のような目で皿を見つめる蛍明を見た。

「ねえ、つらくない？」

「つらくて死にそう」

　そうだろうと思った。だって幽霊は食事をとることができない。

「ええなぁ……俺、一週間もなんも食ってないんやで……」

「心底同情する」

「腹は減らんけど、でもやっぱりつらいわ……」

「じゃあ見なければいいのに」

「こう、脳内で暗示かけとんねん……これは、現役女子大生による焦《じ》らしプレイ……うん、興奮する……大丈夫興奮する……」

　可哀想にと憐れみの視線を彼に送る。

　気まずい食事を終え、その後彼が一緒に見るというので、毎週楽しみにしている推し主演のドラマを一緒に見た。人物相関を知りたがる蛍明を「推しの声が聞こえない！」と黙らせてドラマを楽しんだあとは、ノートパソコンでこの辺りの駅名や地名の書かれた地図を見てもらった。

　やはり近くのオフィス街の地名と駅名になんとなく覚えがあるらしいが、それ以上の情報は得られなかった。

日花は「今日はおしまい」と立ち上がる。時刻は十時過ぎ。明日の授業は一限目からだ。

「テレビ見てたらいいよ。私はお風呂に入るけど、絶対覗かないでね」

「え、フリ?」

「覗いたら永遠にこの世に存在しないものとして扱う。本気で、絶対に」

冷たく言い放つと、蛍明は黙ったままソファの上で正座をして手で目元を覆った。じっとその姿を見たまま洗面所へ入る。扉をほとんど閉めて隙間から覗いたが、彼はそのままだ。

完全に閉めて少しの間向こう側の様子をじっと窺《うかが》っていたが、ため息一つ聞こえてこない。彼を信用することにした。念のため、今日はシャワーだけにしてさっさと上がろう。服を脱いで浴室に入り、日花は熱めのお湯を頭から浴びながら考える。

どうすれば蛍明は記憶を取り戻せるのか。

記憶がない状態であれだけハッキリした関西弁なら、きっと長い間関西圏に住んでいる、または住んでいたはずだ。この辺りの地名に覚えがあるというくらいだから、縁《ゆかり》のある土地は地名や最寄り駅を見れば何か感じるかもしれない。そこをネットで調べ、しらみ潰しに訪れ、何か思い出さないか確認していく。気の遠くなる作業だ。生活していく上で少しずつ何か思い出せたらいいが。

シャワーを止めて風呂を出て、いつもより布の面積の多いパジャマを着る。タオルで髪を拭きながらリビングへの扉を開いた。

しかしソファの上に蛍明の姿はない。部屋を見渡して、ベランダへの掃き出し窓の前に彼の姿を見つけた。

「……蛍明？」

彼は驚愕の表情を日花に向けている。訝しんで、その目の前に室内干しをしている洗濯物があることに気付いた。

部屋着とタンクトップと、そして下着だ。

「ちゃう、ちゃうちゃうちゃう、ちゃうねん」

青い顔を左右に振る蛍明を、軽蔑《けいべつ》と侮蔑《ぶべつ》を込めた視線で見る。

「ホンマにちゃうねん！　気晴らしにベランダ出るかって近付いて、ふと見たら目の前にパンツがあって、そんときにお前が風呂から出てきた！」

「で？　本当は？」

「ホンマにパンツの存在には気付かんと近付いたけど、気付いたあと三十秒くらい眺めてました」

腹いっぱい空気を吸い込んで、それを派手な音とともにため息として吐き出す。蛍明は黙ったままその場で正座をする。

「……まあ、片付けるの忘れてた私も悪いから……」

「Cカッ……」

呟かれた言葉に、ギリッと蛍明を睨み付ける。

洗濯物を引っ掴んで寝室に放り込んで、それから土下座に近い角度で頭を下げている彼の前に仁王立ちした。どうして余計なことを口に出さずにはいられないのか。

「三日くらいこの世に存在しないものとして扱っていい？」

「やめて！　寂しくて死んじゃう！」

「もう死んでる」

二度目の大きなため息をついて、彼を放置してソファとガラスのローテーブルの間に座った。メイクポーチを引き寄せる。

少しして正座のまま近付いてきた蛍明が、ローテーブルの上に顎を乗せぼそぼそと言い訳がましく呟いた。

「知っとるか日花。幽霊とか透明人間なって女風呂覗くんはな、男の夢ねんで。俺はそれをな、我慢した」

「寝言は寝て言ってコケコッコー」

「なんやねんコケコッコーって」

「だって、けいめいでしょ？」

「けいめい？」

「鶏鳴《けいめい》」

スマホでその単語を検索して蛍明の前にかざして見せる。怒るだろうなと思ったが、彼の表情は怒りではなく驚愕に変わっていった。

「ちょお待て……思い出した」

その言葉に慌てて机の上のメモ帳を引き寄せる。

蛍明のフルネーム、覚えのある地名駅名を書いたメモの下に新しい情報を書き込もうと顔を見ると、彼はそれはそれは深刻そうな顔で呟いた。

「俺の小学生んときのあだ名、コッコや……」

「……他には？」

「それだけ」

メモ帳をパタンと閉じる。

「ドライヤーするからそこどいてコッコ」

「やめえや。なんかムカつくから、絶対そのあだ名嫌いやったわ」

「ふーんそうなのコッコ」

「なんやお前、お前なんか……お前なんか……花が二つもついとるくせに。このハナハナ」

蛍明が苦し紛れに悪態をつく。机の上に置いてある、大学に提出する書類の名前を見たのだろう。少しもムカつかないあだ名だ。

「お前って言うな」

メモをもう一度開いて、『コッコ』『小学生のときのあだ名。多分嫌い』と一応書き込む。すっかり力が抜けてしまった。

ハナハナと騒ぐ蛍明を押しのけてドライヤーをして歯磨きをして、そろそろ寝るかというときだった。ちょうど始まった深夜のバラエティ番組が大阪の特集で、思わず二人で見入ってしまった。

しかし出てくる場所はずっと東京に住んでいる日花でも知っているような有名な所ばかりで、彼は「知っとる」「覚えがある」と言いながらも、このあたりの地名に覚えがあるのと同じような反応だ。

そうすぐには手掛かりは手に入らないようだ。

時計の針はとうの昔に頂点を越えている。夜ふかしが得意ではない日花は耐えられずに大きなあくびを一つした。

「日花、もう寝え」

「うん……」

伸びをしてから滲《にじ》んだ涙を指で拭う。

「んで、俺はどこの中で寝るん？」

辺りを見回す蛍明に、日花は顎に手を当ててみせた。クローゼットはリビングと寝室にあるが、寝室はもちろん除外だ。

リビングのクローゼットを開いてみた。空いているスペースは端のほうに成人男性が一人座れるくらいしかない。蛍明は黙ったままそのスペースに体育座りし、手を振った。

「おやすみ」

「……おやすみ」

そっと扉を閉める。

その前に立ち、彼が「いやこんなとこで寝れるか～い！」とツッコみながら出てくるのを待ち構えていたが、いくら待ってもうんともすんとも言わない。

待つのも面倒くさくなって扉を開く。そこには、物をすり抜けられる幽霊の特性を活かしてクローゼットで大の字に寝転び、空いている空間に顔だけ出している蛍明がいた。まるで生首が落ちているようだ。

「うわっ、怖《こわ》……」

「ちゃんとノックして開けて！　全裸やったらどうすんの！」

「人の家のクローゼットで全裸にならないでよ。とりあえず怖いから出てきて」

外を指差すと、面倒くさそうな声を出しながら蛍明が転がり出てくる。

「なんなん、人がリラックスしとんのに……」

「いや、あんまりにも可哀想だから、ソファで寝なよ」

そう言ってリビングのソファを指差す。さすがに幽霊とはいえ、こんなに物が多い場所で寝かせるのは忍びない。

その提案を蛍明は喜ぶと思っていたのに、彼が浮かべたのは同情に近い何かだ。

「お前さ……大丈夫か？　簡単に家ん中入れるしソファで寝てええ言うし……やらせてくれって土下座されたらやらせそうなくらい、お人好しで流されやすいタイプやな……」

思わず手に持っていたタオルを蛍明の顔面に投げつける。避けるのは全く間に合っていなかったが、それでも彼に当たることはなくタオルは地面に落ちた。

「やらせるか馬鹿。あとお前って言うな」

「心配やわぁ。俺が成仏したあと日花が変な男に騙されへんか」

「そんなに玄関で寝たいの？」

「すみません、調子乗りました」

いそいそとソファに寝転んだ蛍明を確認してから、電気を消して寝室に入った。

「入ってこないでね。フリじゃないから」

「わかっとるって。おやすみ」

「おやすみなさい」

扉を閉めて少しの間聞き耳を立てると、伸びをするような声が聞こえてきてそれから静かになった。

今日何度目かわからないため息をつきながらベッドに上る。今のは自分に対するため息だ。

本当に、土下座されたらやらせてしまうんじゃないかと自分でも思う。しかしここまでするのは幽霊限定だ。生きている人間にはしない。

目をつぶって睡魔《すいま》を待つ。隣の部屋が気になりなかなか寝付けなかったが、三十分ほどで途切れ途切れに意識が飛ぶようになった。

このまま眠りに落ちることができるだろうと体の力を抜ききったときだった。

「日花……起きとる？」

扉の向こうから聞こえたのは、小さな小さな蛍明の声だ。寝ていれば、きっとその声では起きなかっただろう。

「どうしたの？」

思わず返事をしてしまったのは、その声に強い不安が滲んでいたからだ。

返事があったことに驚いたのか少しの間沈黙が落ちて、それから申し訳なさそうな声が聞こえた。

「ごめんな。あのさ、聞きたいんやけど……俺って何歳くらいに見える？」

その質問の意図を考えながら、日花は上半身を起こした。

「入ってきて」

「いや……さすがに女の子の寝室入るんは……」

「私がいいって言ってるの。さっさと来て」

少しの間を置いて、蛍明は扉をすり抜けて部屋に入ってくる。彼は視線を合わせないように遠慮がちに日花に近付いて、ベッドの足元に座った。明かりをつけて、その顔をまじまじと見つめる。

「うーん……二十代前半」

「二十代前半……」

「そのスーツ、地味だしリクルートっぽいよね。就活中か大学出てすぐかで二十から二十四歳くらい。私とそう変わらないと思うよ」

「マジか、めっちゃ若いやん」

へらっと笑った蛍明の口元が、少しずつ形を歪める。黙ってそれを見ていた。

「俺、ほんまに死んだんかな？」

震えた声で言って、彼は深く俯く。

「この一週間、とにかく自分の状況確認すんので精一杯であんまり考えられへんかったけど、日花に会ってちょっとだけ心に余裕できたんか……やっと自分が死んだことの実感が湧いてきて」

縋るようにベッドに手を置き、シーツを握り締めようとした彼の手は何も掴めない。

「覚えてへんけど、絶対まだやりたいことあった。絶対まだ楽しいこともあった。だって、まだ二十代前半やで……」

立てた膝に顔をうずめて、蛍明はポツリと言った。

「死にたくなかった」

押し殺した息づかいと、時々嗚咽《おえつ》が聞こえてくる。

かける言葉なんてない。どれだけ後悔したって、死んだ人は生き返らない。

その柔らかそうな猫っ毛にそっと手を伸ばす。撫でようとしたが、指は空《くう》を切る。

代わりにシーツの上で握り締められた手に、そっと手を重ねるようにした。

蛍明が赤く腫れたまぶたを上げる。その目が日花の手を見る。

「ホンマに……温かいとか、そんなんも感じられへんねんな」

「そうだね」

「俺だけ別の世界におるみたいや」

呟かれた言葉に、心臓がぎゅっと痛んだ。

「怖い……怖い」

こんなふうに彼らは永遠に続くような時間、孤独な世界をひとりきりで彷徨うのだろうか。誰にも気付いてもらえず、何も触れられず、どれだけ声を上げたって誰にも聞こえない。

蛍明も、日花がいなければそうなっていたのだろう。こうやって小さく丸まって、怖いと泣いて。

彼は何度か深呼吸をして嗚咽を引っ込めて、スーツの袖口で目元を擦ると、にかっと笑った。

「あー、ごめん。めっちゃ情けないとこ見せてもた」

その顔は、腫れたまぶた以外いつもと同じように見える。

「日花、ちょっとだけここ座っとってもいい？」

「いいよ」

なんの躊躇《ちゅうちょ》もない返事を聞いて、蛍明はまた笑顔が崩れる前にシーツに顔をうずめた。

「どんなけお人好しやねん……断れや……」

「じゃあ部屋から出て行って、って言っていいの？」

「……あかん」

「じゃあ素直に甘えなよ」

長い逡巡《しゅんじゅん》のあと、蛍明がぎこちなく手を伸ばす。その手にもう一度自分の手を重ねる。

泣き顔をシーツにうずめたまま、彼は消え入りそうな声で呟いた。

「日花、ひとりになりたくない……」

「うん、ここにいていいよ」

「迷惑かけてごめん……」

「いいんだよ」

「ごめん、日花……」

それきり動かなくなった彼を見下ろして、布団の中へ体を潜り込ませる。

「いていいから、明日の朝起こしてね。私、目覚ましじゃ起きないから」

「……今までどうやって起きとってん」

「アラーム五回セットしてる」

ふっ、と笑ったように彼の頭が揺れた。

「わかった」

それから何度か聞こえた鼻をすする音が、やがて聞こえなくなる。

穏やかに上下し始めた彼の背中を見てから、日花は明かりを消し、そしてゆっくり目を閉じた。

「おはよ。昨日は激しかったね」

日花が寝起きのぼんやりした頭で聞いたのは、蛍明のそんな声だった。

彼の顔が目の前にある。語尾にハートマークでも付きそうな甘い猫なで声で言って、蛍明は「キャッ」とシーツに顔をうずめた。

これはなかなか最悪な目覚めだ。蛍明の顔が目の前にあるということは、彼はベッドに上がって日花の隣で寝転んでいる。

「……関西人って、ボケないと息ができない病気を患《わずら》ってるの？」

「関西人に対する激しい風評被害やわ」

「誰のせいよ……」

「ごめんって。夜中に醜態《しゅうたい》晒して恥ずかしいんを誤魔化《ごまか》しよんねん。わかれや」

「わかるか……」

起き上がろうと腕を突っ張ったが、力が入らずシーツの波に逆戻りした。

「お前寝相悪すぎやろ。気い付いたら俺の顔面にお前の腕が刺さっとってビビったわ」

「お前って言うな……」

「てかホンマにアラーム鳴ってもピクリともせえへんねんな。ようそんなんで一人暮らししよう思たな」

彼の声を聞きながら、すっと意識が遠くなる。このまま幸せな二度寝へと旅立ちたい。

「起きいや日花、今日大学やろ。もう起こさへんで」

「……お母さんあと五分……」

「誰がオカンや」

呆れた声に旅立ちを邪魔され、気怠いまぶたを持ち上げる。同じく呆れたような顔で見下ろしてくるのは蛍明だ。その顔をじっと見上げる。

もし蛍明がいつもと同じように好みのイケメンの姿で目に映っていたのなら、昨日会ったばかりの男にベッドの上で起こされるというこの状況も楽しめたのだろうか。

「あーあ……なんでイケメンじゃないんだろ……」

寝ぼけた頭でつい口が滑った。彼の眉間に深いしわが寄る。

「……それさ、初対面のときも言っとったけどさ、クッソ感じ悪いぞ。なんなん、東京のコンクリートジャングルに住んどったら心が荒《すさ》んでそんなんなるん？」

「東京に対する激しい風評被害」

「誰のせいや」

さすがに気を悪くしたらしい蛍明がベッドから下り、リビングへ続く扉の向こうへ消えた。

のろのろと起き上がってそれを追う。

「蛍明」

名を呼んだが、ソファにどっかり腰を下ろした彼は返事をしない。その目の前に立つ。

「蛍明、ごめんなさい」

彼はちらりと日花を見上げ、唇を尖らせた。

「……すぐ謝るくらいやったら、悪口なんか言いなや」

「ごめん」

彼の隣に座る。拒絶するような素振りはなかったので、そのまま昔話を始めた。

昨日もした昔話だ。母親も幽霊が見えること、その母親に教えてもらった幽霊を怖がらずに済む方法。それらを仏頂面で聞いていた蛍明だったが、幽霊を怖がって外に出られなくなった小学生のときの話をすると、すぐにその表情は同情を含んだものになった。

「だから、私の目に映る幽霊は生前の姿は関係なく、みんな美男美女に映るの」

どうやら納得はしてもらえたらしい。深刻そうに頷く蛍明の顔を覗き込む。

「それなのにあなたは……普通」

「普通……」

幽霊は鏡に姿が映らないし、蛍明は記憶をなくしていて自分の顔すら覚えていない。

その顔をじっと、彼が居心地悪そうに視線を揺らすまで見つめる。

「髪はこげ茶の猫っ毛だよ。眉毛は整えてるみたい。目は奥二重《おくぶたえ》で大きくもなく小さくもなく、吊り目でも垂れ目でもない。鼻は高くもなく低くもなく、唇も特に分厚くもなく薄くもなく」

パーツが偏ったりもない。太っていたり痩せすぎていたり、背が低すぎることもない、平均か少し上か。

「どこからどう見ても普通」

そうとしか言いようのない顔だ。

馬鹿にしているつもりはなかったが、蛍明の表情はますます自信をなくしたように沈んでいく。慌ててフォローする。

「いやまあ、悪いって言ってるわけじゃないよ。中の上？　合コンとかでいたら当たりのほうだと思う」

「……なんや自分、合コンとか行くん」

「そういえば行ったことないな」

「信憑性皆無の例えやな」

「ま、人間顔じゃないよ」

「腹立つなお前。顔いい奴に言われたら余計腹立つわ」

「お前って言うな。……よし、勝手にベッドに上がったことと相殺《そうさい》しよう。オーケー、仲直り」

特に不満の声は上がらなかったので、この話は終わりだと立ち上がる。

伸びをして、彼を見下ろした。

「大学に行ってくる」

「ついて行ってもいい？」

「だめ。つい目で追っちゃうし、友達にこんな体質だってバレたくない」

「……わかった」

しゅんと肩を落とす姿は、まるで置いていかれる犬のようで少し罪悪感がある。昨日の真夜中、一人になりたくないと、怖いと泣いていた蛍明がちらりと脳内に浮かんだ。それを無理やり頭から追い出す。

約束は約束だ。日常生活を壊されるわけにはいかない。

「この部屋で待っとっていい？」

「いいよ。テレビつけておく？」

「いや、ええわ。電気代もったいない。あんま寝れんかったし、日花が帰ってくるまで寝とく」

「あんまり寝すぎたら、また夜に眠れなくなるよ」

「わかっとる。……時間大丈夫か？」

時計を見上げる。もう家を出る三十分前だ。

慌てて朝食をとり化粧をする。着替えをするときには蛍明は自主的にクローゼットの小さなスペースに入っていった。

持ち物を確認して、時計を見る。なんとか遅刻はせずに済みそうだ。パンプスを履いて扉を開いて、見送りにきた蛍明を見上げる。

「それじゃ、行ってきます」

「行ってらっしゃい」

笑顔で手を振る彼には、もうさっきのような寂しそうな表情は浮かんでいない。少し安心して手を振り返して、扉を閉める、その直前。

細い隙間から見えた蛍明が俯く。その不安に押し潰されそうな表情に、思わずもうほとんど閉まっていた扉を開いた。

彼は驚いて顔を上げて、取り繕った歪《いびつ》な笑顔を浮かべた。

「何？　忘れもん？」

「……今日は午前中で授業が終わるから。お昼過ぎには帰るから、もし外に出てもそれくらいの時間には戻ってて」

「うん、わかった」

歪な笑顔がいつもの笑顔に形を整えたが、日花は気付いてしまった。昨日から見せていた笑顔は、今のような作り笑いだったのではないだろうか。

一人になった部屋で、彼はまた泣くのだろうか。そう思うと足が動かなくなる。

「大丈夫やで、日花」

その声に顔を上げた日花に、蛍明はにこりと笑いかけた。

「下着のタンス、覗いたりせえへんから」

パタンと扉を閉める。「ちょっ、まっ！」という声を無視して鍵をかけた。

「嘘やって！　嘘やから！　いや、ちゃう、覗かへんのはホンマ！　ちょっとボケただけやんか！」

心配して損した。

扉の向こうからまだ何か叫んでいる声が聞こえたが、日花は軽蔑の視線を扉に投げかけてからその場を離れた。

二章　もう二度と会えませんように

この五日間、日花はずっと蛍明のことを考えていた。

どうやったら彼は記憶を取り戻せるのか、そればかりを考えていた。

二人で色々と案を出し合ったが、やはり地名を見ていくのが一番ではないかと意見が一致した。

火曜日、午前中の講義を終え、外へ出たがる蛍明を連れて図書館へ行く。その図書館は最近建て替えられたばかりの、有名な建築家がデザインしたものだったが、蛍明は建物を見てすぐに建築家の名前を言い当てた。もしやと建築関係の本を見てみると、彼は専門用語や建築記号などを理解することができるようだった。

希望が出てきて、建築士やそれ関係の言葉と彼の名字でも検索してみたが、画面に表示されたのは関係のないサイトばかりで、結局手掛かりには結びつかなかった。

水曜日は、図書館で貸出冊数ギリギリまで借りてきた関西の地図やら旅行雑誌を見てもらった。

まずは大阪、次に兵庫の神戸を中心とした都会部。京都や奈良の人口が多い都市をくまなく見てみても、彼は何も思い出せない。

それでも土地は有限だ。日花が協力してしらみ潰しにしていけばいつかはと思っていたが、肝心の蛍明の眠っている時間が多くなった。夜にあまり眠れていないのかと思ったが、彼が言うには十分眠れているのに、いつまでも眠たいらしい。うとうとしたり、ぼんやりしている時間が増えていって、地図を見る作業ははかどらなくなった。

起きているときの蛍明はいつも明るく騒がしい。ずっとにこにこと笑っていて、馬鹿な冗談を言ったりテレビと会話したりしている。

その笑顔が徐々に曇っていく。

早く助けてあげたい。早く楽にしてやりたい。そう思えば思うほど焦り、焦りから日花が無理をするのを蛍明は嫌がった。

夜ふかしはしなくてもいいと口酸っぱく言われ、日花が蛍明のために友達の誘いを断って帰ってきたのを知ったとき、彼はひどく落ち込んだ。

日常生活に支障がない範囲でしか協力しないと言った最初の言葉を、彼は頑《かたく》なに守ろうとした。

木曜日、気分転換に映画が観たいと言い出したのは蛍明で、推しが出演するB級ホラー映画を持ち出したのは日花だ。映画は推しの顔がいい以外はホラーとしてもコメディとしても言葉も見つからない出来だったが、見ている途中で蛍明は一つ記憶を思い出した。蛍明は日常会話程度の英語を話せるようだ。

しかしその記憶はあまり歓迎されるものではなかった。もしかすると今は海外に住んでいるのではないかという疑惑が持ち上がった。そうなれば、もう彼の居住地を見つけるのは不可能に近い。二人が感じたのは、まるで沼に足を取られるような絶望だ。どれだけ焦ったって落ち込んだって、時間は刻一刻と過ぎていく。蛍明と出会ったのが月曜日。そして今日は金曜日だ。彼が家に来て五日目だ。

それなのに蛍明の記憶はほとんど戻っておらず、こまごまと思い出したことも彼の個人情報を特定するには至らない。

二人のこの奇妙な同居生活はまだ続いていた。


「休講……」

学内掲示板を見つめ、日花は呟く。

午後の授業を受けに大学まで来たが、見てのとおりの有様だ。大学のホームページを見ても休講の知らせは出ていない。出してくれていたら、今日は家でゆっくりと蛍明の居住地を探すことができたのに。

別の授業を受ける友達と別れ、帰路につく。その足は自然と早歩きになった。

今日は地図で兵庫県の都会から離れた中部と北部を確認しようと朝に話をした。もう彼は地図を見始めているだろう。

　マンションの入り口が見えてきた頃、日花はぼんやりとした黒いものがその付近に見えることに気付いた。目を細める。

　入り口の近くにある花壇の脇に座っているのは、どう見ても蛍明だ。辺りを見渡して人影がないことを確認する。

「蛍明」

　呼ぶと彼は日花に気付いて、驚いたあと少しバツの悪そうな顔をした。

　立ち上がった彼は尻をはたいて、日花と目を合わせようとしない。

「どしたん、早いやん」

「午後の授業が休講になったの。どこかに行くの？」

「ああ、いや……」

　歯切れの悪い彼を手招きして、マンションのロビーの目立たない場所に移動する。もう一度見上げると、彼は観念したように話し出した。

「……今、お前の部屋に男が来とって、なんかおりづらくて」

「男？」

「合鍵で普通に入ってきて、台所でゴソゴソしよる。黒髪の、シュッてしたイケメン……」

蛍明は気まずそうに、両手の人差し指を向き合わせ、無意味にくるくる回している。

「なんやその、ごめんな。彼氏おるって聞いてなかったから、下着見たりベッド上がったりして」

「……それって彼氏いるいない関係なく、同意をとってからじゃないとしちゃだめなことだからね」

「すみませんでした」

ため息をつく日花に、蛍明は往来を顎でしゃくった。

「俺ちょっとま出とくわ。彼氏といちゃつくんやったら邪魔やろ」

「彼氏じゃないよ。いないもん」

「えっ、じゃああの男……」

「ついてきて」

十中八九《じっちゅうはっく》そうだろうと思うが、確信は持てないので名前は出さずにエレベーターに乗り込む。蛍明はその後ろをとぼとぼとついてきていた。

部屋に着いて鍵を開ける。玄関にきちんと揃えて置いてあるのは、やはり見覚えのある革靴だった。つい一週間ほど前にも来たので、もう当分来ないだろうと油断していた。

「兄さん、ただいま」

「え、兄さん……!?」

部屋に向かって呼びかけると、後ろで蛍明が素《す》っ頓狂《とんきょう》な声を上げた。

「絶対に近付かないように、部屋の隅にいて」

小さな声でそう蛍明に言って前を向き直す。

それと同時にリビングの扉を開いて顔を出したのは、やはり八歳年上の一番上の兄、樹月《いつき》だった。彼は目を細めて笑う。

「お帰り。今日は早かったんだな」

「午後の授業、休講になったの」

「そうか。でもちょうどよかったよ、今日は土曜日だって勘違いしてたから。スマホ見た?」

鞄からスマートフォンを取り出す。着信が二件とメッセージが一件、全て樹月のものだ。

「今見た」

「馬鹿」

「金曜と土曜を間違える人に馬鹿って言われたくないな」

笑い合いながらリビングへ入って、彼は冷蔵庫を親指で指した。

「母さんからの荷物、冷蔵庫に入れておいたから。あとで見ておけよ」

「いつもありがとう。少し前にも送ってくれたのに」

「美味しいイチゴをもらったらしいから、せっかくだからお裾分けだって」

「そうなの。お母さん、私に直接送ってくれたらいいのに」

「俺がお前の様子を見に行く口実を作ってるんだよ。ちゃんと連絡とってるか？」

「とってるよ。週に一回は」

「毎日とってやれよ」

「あのね、私もうすぐ二十歳なのよ」

もう飽きるくらいくり返したやり取りをしながら、蛍明がそっと部屋の隅に移動して正座したのを視界の端に捉えた。

「で、この地図の山は何？」

その蛍明に気付くことはなく樹月が指差したのは、ローテーブルからダイニングテーブルから、机の上や床に広げていた地図や旅行雑誌やらの山だ。

蛍明はページを捲ることができない。なので日花が外出している間は、こうやって様々な本の様々なページを開いて彼に順番に見てもらっていた。

咄嗟《とっさ》に考えた言い訳を、得意の無表情のままうそぶく。

「友達と旅行に行くの。場所が決まらないから、地図を広げて投げた物が当たった所に行こうかって話してた、その残骸」

「……旅行？　どこの誰と行くんだ」

「大学の女友達。兄さん、私もうすぐ二十歳よ」

呆れた声で同じ台詞《せりふ》を繰り返すと、さすがに過保護だったことを気まずく思ったらしい彼は頭を掻いた。

「旅行に行くなら、いつどこに行くかくらいは俺か母さんに教えろよ」

「わかってる」

「それじゃあ帰るよ」

気付かれないように安堵の息をつく。これ以上嘘をつくとボロが出始める。どうにか早く帰ってもらえるよう考えていたところだった。

「うん、気を付けてね」

玄関に向かう彼のあとに続く。

ホッとしたのもつかの間、思ったよりも蛍明の近くを樹月が通った。驚いた蛍明が壁にべったりと背中を張り付ける。それでもその距離の近さはまずいなと思ったが、案《あん》の定《じょう》樹月はしかめた顔を上げた。

「……何かピリッとした」

そう言って彼は蛍明のいる辺りを睨み付ける。慌てていることがばれないように、平静を装ったまま小首を傾げて見せた。

「何もいないよ」

ちらりと目に入った蛍明は、驚いた顔のまま体を硬直させていた。

「……お前、また変なことに首突っ込んでないか？」

「してない」

無表情で隠した焦りを見透かされているのか、それとも日花の言葉なんて信用されていないのか。樹月は表情を変えない。

視線を逸らして、肩を竦《すく》めてみせた。

「母さんがずっとお前の心配をしてる。日花は優しすぎるから、なんでもかんでも首を突っ込んで、いつかひどい目に遭うんじゃないかって」

「なんでもかんでもじゃない。ちゃんと選んでる」

「日花」

少し強い口調で名前を呼ばれる。思わず強張った肩に彼の手が触れ、顔を上げさせるためにその手が体を押した。

「お前みたいな子供が、ちゃんと選べるとでも思っているのか？」

思わず樹月の手を強く振り払う。

わかっている。大人ならきっと、こんな言葉にももっと余裕をもって対応できるのだろう。

少しの間睨み合って、先に目を逸らしたのは樹月のほうだった。

「ごめん、カッとなった。言いすぎた」

返事をせずに視線を下げると、頭の上から深いため息が聞こえた。

「日花……見えないふりをしたらいい。聞こえないふりをしたらいい。それは冷酷なことでも卑怯なことでもない。お前だけが大変な思いをすることはないんだ」

「はい」

「彼らに同情するな。肩入れするな。この世に強い未練を残すような壮絶な経験をしている彼らに同調し続ければ、いつかお前の精神が壊れてしまう」

「はい、兄さん」

これもまた、数え切れないほど繰り返してきたやり取りだ。機械的に返事をする日花に、樹月は息を吸って何か言いかけて、結局漏らしたのは弱りきった小さい声だけだった。

「お前が心配だ、日花……」

全身を打ちのめすような響きだった。

「……ごめんなさい」

それ以外に言える言葉がない。

樹月が手を伸ばす。ぎくりと体を震わせた日花の頭を、彼はそっと撫でた。それから壁を見る。蛍明がいるほうだ。

「もし誰かいるなら、頼むからこの子を危険な目に遭わせないでくれ。大事な妹なんだ」

その言葉を受け止めた蛍明の表情を見ることはできない。視線を向ければ、そこにいると樹月に教えるようなものだ。頑なに俯いたままの日花の頭を、彼はもう一度撫でた。

「帰るよ」

「……うん」

「困ったことがあったらすぐに連絡しろよ。いつでも、どこへでも行くから」

「わかった。ありがとう」

玄関まで樹月を見送る。彼はまだ何か言いたそうにしていたが、日花の顔を見て諦めたように手を振って扉を閉めた。鍵をかけて扉に手をついて、足音が遠ざかっていくのを確認する。

罪悪感と反抗心と、その他色々複雑な感情を処理しきれない。扉に背を預けて顔を両手で覆った。

しかしいつまでもこうしているわけにはいかない。部屋には蛍明がいる。

日花はリビングに戻り、いまだに固まったまま正座している蛍明に声をかけた。

「ごめん、やっぱり外で待っててもらったらよかったね。兄さんの言ったこと、気にしなくていいから」

できるだけ明るい声で言う。蛍明はぎこちない動きで日花を見て、顔を引きつらせたまま尋ねた。

「兄ちゃんも幽霊とかわかるん……？」

「兄さんはなんとなくそこにいるのがわかるってくらいかな。はっきり見えるのは私とお母さんだけ。もう一人真ん中の兄さんがいるけど、そっちは全く。理解もなくて、私たちを気味悪がって家に帰ってこないくらい」

冷蔵庫を開ける。立派なイチゴが入っていた。二個さっと洗って皿に入れて、ソファに座った。

いつまでも部屋の隅で正座をしたままの蛍明に向かって、ぽんぽんと隣の座面を叩いてみせる。ようやく立ち上がって近付いてきた彼は、どことなく遠慮がちに隣に腰を下ろした。その原因はさっきの樹月との会話だろう。

「……あれやな、東京の兄妹ってあんなんなんやな」

「うちのはシスコンだから参考にしないほうがいいよ。私が一人暮らしを始めたのを心配して、わざわざ追いかけてきて近くに住んでるくらいだから」

「マジか、すげーな……なんかお前のために命かけとるみたいな感じやったもんな」

傍《はた》から見たらそんなふうに見えるのだろうか。イチゴを一つ摘まんで齧《かじ》る。甘くて美味しいイチゴだった。

「日花、実の兄ちゃんにもあんな感じなんやな」

もうひとくち口に運ぼうとしたイチゴを、その言葉に思わず止めた。

「……どんな感じ？」

「なんか一線引いとるというか、他人行儀というか」

背もたれに体を預けて、蛍明はぼそぼそと呟く。

「お前、最初はあんまり生きとる人間に興味ないんやと思っとったんやけど、ちょっとま一緒におって見とったら、むしろ人とおるの好きそうやなって思って。それやのにすぐに自分から距離取ろうとするやろ」

一瞬、息が詰まったような錯覚に陥った。言葉が出ずに口を開いて閉じる。

蛍明がそれに気付く前に顔を俯けて、長い髪で表情を隠した。

「だって幽霊が見えるなんて、他人から見たらただの頭がおかしい人でしょ。深い仲になればなるほどボロが出る。誰にも知られたくないの」

じっと視線を感じていたが、蛍明の顔を見ることはできない。

「……でも兄ちゃんは知っとんのやろ？　お前が幽霊見えること」

「知ってる。知ってる上で兄さんは私を大切にしてくれるし、幽霊だって信じてるって言うけど、でも彼には実際に見えるわけじゃないし、それが本心なのかは私にはわからない。真ん中の兄さんには幽霊関係で思い出すのも嫌なくらい暴言吐かれてるし暴力も振るわれたし。気持ち悪い、嘘つくなって。血が繋がってるからって何もかも全て受け入れてもらえるとは思ってない。信じきって……捨てられるのが怖いの」

こんなにも大切にしてくれる実の兄すら信用できないのに、赤の他人を信用することなんてできるはずがない。この体質に気付かれる前に、嫌われて離れていってしまう前に、自分から距離を置くようにしていた。

きっと心を開けるのは、同じように幽霊が見える人か、幽霊になった経験のある人だけだろう。前者は母親しか知らないし、後者はそもそもなんだ。幽霊は幽霊でしかない。

そんな日花の内心に気付いているのかいないのか、蛍明はため息をついてソファにぐったりと体を預けた。

「はぁ……日花も色々複雑で大変なんやなぁ。俺なんか……」

そこまで言って彼は言葉を詰まらせる。

「俺……なんか……？」

思わず体を起こして、何かを思い出そうとしている蛍明の邪魔にならないよう黙る。

頭を抱えてじっと足元を見ていた彼は、ようやくポツリと呟いた。

「……思い出した。俺、妹がおるわ。五歳離れとって、すっげー生意気な奴。あと両親と、四人暮らしで」

五歳離れた妹。ここまで詳細に記憶を思い出したのは初めてかもしれない。

「名前は？　わかる？」

机の上に置いていたメモ帳を取る。それなのに蛍明はいつまでたっても返事をせず、その顔を見上げると珍しく表情を押し殺していた。

「お前さ、家族も認めるお人好しなんやな」

「幽霊限定でね」

「……生きとる人間にも優しくせえや」

「生きてるのなら自分のことは自分でどうにかできるでしょ。周りに助けを求めることだってできる。でも幽霊は何もできない」

それは蛍明が一番よくわかっているはずだ。

「誰かと話すことも何かに触ることも、何もできない。それがいつまで続くのかもわからない。ずっと見てきたの。体験したわけじゃないけど、それがどれだけつらいことか他の人よりはわかってるつもり」

ソファの座面に手をついて、蛍明の顔を覗き込む。

「……さっきの兄さんの話、気にしてるの？」

蛍明は視線を逸らして返事をしない。もう一度彼の顔を追いかける。

「あれは兄さんの主観。私が感じてることや思っていることとは違う。自分を大人だとは思ってないけど、でも子供でもないつもり」

それでも視線を合わせない蛍明にさらに近付く。突然の至近距離に驚いた彼は、逃げるように後ろへ下がりソファの肘掛けにもたれかかったが、それでも構わず詰め寄った。

ほとんど押し倒しているような格好だ。手も足も重なっている。

「私は私なりに自分の限界を決めてやってる。最初に言ったとおり、もう無理だって、もうどうにもできないってなったら、私はあなたを見捨てるから」

その顔が、見捨てるという言葉に凍り付いた。

彼のこげ茶の瞳が潤んだように揺れる。縋るような視線が纏《まと》わりつく。それなのに、彼は見捨てないでと言わない。

「……あなたには私しかいないでしょう?」

彼の肩の辺りにめり込んでいる手をぎゅっと握る。

まだ見捨てたくない。まだ限界なんかじゃない。無理をしていない、と言えば嘘になるかもしれない。でも、できるのなら、本当の最後の最後まで見届けたい。

蛍明を救ってやりたい。

「……お前、ほんまにつらないいん？」

「つらくない。少しずつ記憶は戻ってきてるし、ちゃんと前進してるから」

それよりも、蛍明がどうすることもできずに途方に暮れて、ひとりぼっちで絶望している姿を想像するほうがつらい。なんて言ったら調子に乗りそうなのでやめておく。

眉尻を下げて見上げてくる彼の髪に触れる、ように手を動かす。そして彼の手に手を重ねた。

「蛍明、もう少し一緒に頑張ろ」

どうにか彼を安心させたくて、精一杯微笑《ほほえ》みかける。

それなのに彼の顔は驚愕に染まり、その両目が挙動不審に左右に泳いだ。

彼は赤くなった顔を隠すように両手で頬を覆った。

「ちょっと待って……普段全然笑わんクールな女の突然の笑顔ヤバない……？　少女漫画やったら完全に惚れるやつやん……抱いて……」

「で？　妹さんの名前は？」

「照れ隠しのボケにはちゃんとツッコんで」

いつもの調子が戻ってきたなと安心して日花が上体を起こすと、蛍明もそれはもう不服だと言いたげな顔をして起き上がった。まだ赤らんでいる頬をごしごしと撫でながら、それを誤魔化すように彼は唇を尖らせる。

「お前のボケ殺し怖いわ」

「なら抱いてやろうか。脱げよ」

「お前がボケんな！」

スーツの胸元を手繰《たぐ》り寄せながら叫ぶ彼を、誠に申し訳ないが今は構っている暇はない。

「名前は？」

繰り返すと、蛍明は無言でスーツのしわを撫でつけてから、恨みがましそうな視線を日花にやった。

「……妹は桐原蝶子《ちょうこ》。両親は……出かかってるんやけど、あとちょっと思い出せん」

「どんな漢字？」

「虫の蝶に子供の子」

ノートパソコンを開いて検索してみる。珍しい名前なので、出てきたら確実に本人だろう。こんなときは、検索結果が表示される一秒間すら長く感じる。

ようやく表示されたのは、二件。

「……あった」

一つ目はSNS。もう一つはとある小学校のホームページの、ニュースや行事の報告を載せるページのようだ。

まずSNSを開く。最終更新は二年前。投稿されたものも数件しかなく、すぐに飽きたことが窺える。学校帰りに食べたクレープだとかそんな日常の写真ばかりだったが、一枚だけ彼女の顔が写ったものがあった。それほど鮮明な画像ではなかったが、それでも兄妹だとわかるほどには蛍明と雰囲気が似ている。

「蝶子」

呟いた蛍明の指がその写真に触れる。

何度も何度も、撫でるように指でなぞる。

「……俺、今日初めてこいつのこと可愛いって思ったわ」

「蛍明とそっくりだね」

「マジか。じゃあ俺めっちゃ可愛いやん。もう一個のほうも見せて」

言われたとおりもう一つの小学校のホームページを開く。かなり昔の記事だった。

「今から七年前、小学五年生のときに、陸上競技大会で短距離離走の大会新記録を出してる」

今までの記録を大幅に塗り替えるものだったらしいが、そのニュース以降、ネット上には彼女の名前は見当たらない。

蛍明がテーブルに手をついて身を乗り出す。

「……そうや、あいつめちゃくちゃ走り速いねん！　一回、蝶子が好きな男に作ったバレンタインのチョコ間違って食べてもて、近所追いかけ回されてボコボコに……」

うわ言のように呟きながら、蛍明が前髪をぐしゃりとかき上げる。

「近所……そうや、高校が近くにあって……そこの女子の制服がめっちゃ可愛いねん……ちっちゃい果樹園もあった。手伝ったら売りモンにならんような果物ようくれとって……あと、おっきい川が……」

昔を懐かしむように、蛍明の視線が斜め上を向く。

「おっきい川……蓮……そう、蓮見川《はすみがわ》や。小学生のときとか、よう川岸で遊んどった。蝶子と二人揃って川に足ぶら下げて、くだらん話したりとか。俺が初めての彼女にフラれたときとか、いっつも俺のことウザいとか言うとったくせに、相手の見る目がないだけでお兄ちゃんは悪くないって元気付けてくれたり。蝶子が足故障させてもう走れんなったときも、泣いとるのずっとそばで慰めたった」

蛍明は思い出し笑いをする。

「あいつ、ほんまアホで、引っ越しして会われへんなった友達に会いたいからって、川岸に住んどるから遡ったらいけるやろって車で行くような距離走って行こうとして帰られへんなって、慌ててチャリ飛ばして迎えに行ったこともある」

「仲がよかったんだね」

「うん、兄妹仲はよかったな。ずーっと二人並んで座って、川見て、果物食って、黄《たそ》昏《がれ》て……」

語尾が少しずつ小さくなっていく。それに合わせて彼の眉間のしわも深くなってい
く。

「なんか時系列が混乱しとる……川……おっきい川……」

思い出している順番がバラバラなのかもしれない。

ページをトップページに移動させると、彼は大きく表示された小学校の名前に声を
上げた。

「俺も通っとった小学校や……！　ここの住所教えて！」

表示されたのは兵庫県の都会からはずっと離れた辺り。パソコンの画面を蛍明に向
ける。彼はそれを覗き込んで、目を見開いた。

「知っとる」

蛍明が早口で住所を口走る。それは小学校の住所ではない。

言われたとおりに入力して衛星写真に切り替え、ズームして見えたのは白い壁に緑
の屋根の家だ。

ディスプレイに手を当てて、蛍明は呆然と、しかしはっきりと確信を持って言った。

「俺の家や」

形容できない音を立て、日花の心臓が強く鳴る。

住所まで思い出すことができたらしい。あと少しだ。あと少しで、蛍明は。

時計を見る。時刻は十三時過ぎ。迷っている時間はなかった。

「行こうか」

そう言って日花が立ち上がると、蛍明は訝しげに「……どこに？」と尋ねた。本気で行き先がわかっていないようだ。

「兵庫。ついて行く」

彼はぽかんと口を開け、何度か日花の言葉を頭の中で反芻《はんすう》したらしい。

徐々にその顔が険しくなっていく。

「いやお前、兵庫やぞ」

「うん」

「うんやない。行くなら新幹線やで？　いくらするか知っとるか？　それにこんな田舎、こっから三時間四時間では着かへん。行って帰られへんなったらどうすんねん。ホテル泊まるんか？　どんなけ金かかんねん」

蛍明の心配ももっともだ。しかし日花には彼のその心配を解消するものがあった。

スマートフォンをいじって、とある画像を表示して蛍明の眼前に突きつける。

「これ、うちの実家」

「…………なんやこの豪邸」

呆然と蛍明が呟く。東京の高級住宅街に建つ実家だ。今は両親が二人で住んでいる。

次にソファのそばに置いていた鞄を膝の上に持ち上げる。そして財布からカードを取り出した。

「でね、これがなんでも勝手に買っていいよって親にもらったクレジットカードで」

「え……黒……」

次に取り出したのはキーケースだ。

「これ、兵庫の高級住宅街にあるうちの別宅、の鍵」

キーケースから一本の鍵を取り出して、蛍明の前でぷらぷらと揺らしてみせる。それらが何を意味しているのか、蛍明はすぐに気付いたようだ。彼は唇を震わせて叫ぶ。

「お前、ええとこのお嬢さんかよ……！　いやおかしい思とってん！　この部屋、女子大生が一人で住むマンションにしてはデカすぎやって！　兄ちゃんもえらい上品やったし……！」

なぜか悔しそうにしている蛍明を見やる。

彼を納得させるためにこんなものを並べて見せたが、実を言うと奨学金で上手くやりくりしているし、親から好きに使えと預かったクレジットカードも使ったことはない。

ただマンションは親の所有物だし今日のように頻繁に食べ物が送られてくるので、

バイトが禁止されているとはいえ、他の一人暮らしの大学生よりは生活はずっと楽だろう。

それらは黙ったまま、キーケースを鞄にしまう。

「用意するから待ってて」

二泊することにはならないだろうが、万が一があってもあちらの別宅には洗濯機もある。着替えは一組でいいだろう。管理をしてくれている人が定期的に掃除をしてくれているはずで、家具家電もそろっている。あとは化粧品と、充電器、それから他には。

「日花」

名を呼ばれ、いったん考えることをやめて振り向く。

珍しい、真面目な顔が日花を見上げていた。

「俺一人で行くわ」

固い声で放たれた言葉に、眉を寄せて不服だと伝える。

「俺だけやったらタダで新幹線乗れるし、お前が一緒に行く意味がない」

「そんなことない。何か役に立てる」

「日花、お前がおらんくたって、この住所行って家ん中入って家族の話聞いたら、そんまま成仏できるやろ。金持ちや言うても、親の金をそんな無駄に使ったらあかん」

「……上手く成仏できないこともあるかもしれない。何か、不測の事態が」

「この住所行ったら絶対家族がおる。そうしたら絶対何か思い出す。あとはもう俺一人でもできる。ここからは、お前の日常に支障が出る範囲や」

ぐっと唇を引き結ぶ。わかっている。もし兵庫に行くなら新幹線代は生活費を削る必要がある。痛すぎる出費には違いない。

でも、ここまで協力してきたのだから、最後まで。

「……兄さんが言ったことは気にしなくていいって言ったでしょ」

「ちゃう。兄ちゃんがお前に関わんなって俺に言うて、これ以上お前を関わらせんのを躊躇《ためら》ったのは確かや。でもな、それ聞いてなくても兵庫行きは断った」

「蛍明」

「よう考えろ。お前、自分で言うたんやろが。幽霊助けは生活に支障のない範囲でしかせえへんって」

「蛍明、私は」

「あかん」

強い口調と目線に肩を震わせ、しかし負けじと蛍明を睨み付ける。彼はすぐに目を逸らして深い息をつく。諦めてくれたかと思ったが、違った。

蛍明は日花の顔を覗き込み、子供に言い聞かせるように、しかし突き放すような笑顔を浮かべた。

「日花、ありがと。でもな、ここでバイバイしよ」

小さく首を振って、ぎゅっと唇を噛む。なぜ、どうして、こちらが突き放されなければならない。まるでお前はまだまだワガママな子供だと言われたような気がした。

立ち上がった蛍明を、もう止めることはできそうになかった。

「もし、万が一何も手掛かりも見つけられへんかったら、またここに戻ってきてもいい？」

「……もう蛍明なんか知らない」

「ごめんって。何日経っても戻ってこんかったら、上手いこと成仏できたって思ってよ」

黙ったまま、玄関に向かう蛍明の背中を追う。

「行ってくるわ」

「……うん、行ってらっしゃい……っていうのはおかしいか。バイバイ、もう二度と会えませんように」

「はは、そやな。もう会わんで済むように祈っとくわ」

少し皮肉を込めたのに、彼は気付かずに笑うので罪悪感がこみ上げる。

「世話になったな。お前がおってくれてほんまよかった。追い出さんと、最後まで面倒見てくれてありがとう」

まだ最後じゃないと、掠《かす》れて声にならなかった。

「全部お前のおかげや。なんか……閻魔《えんま》様とかそういうんおったら、お前めっちゃええ奴やでって紹介しとくわ」

「……そんなことしなくていいから、ちゃんと成仏してきて」

あははと蛍明が声を上げて笑う。うるさくて、随分と耳に馴染んでしまった声だった。

「わかった。お前ええことしたから、絶対なんかええことあるで。楽しみにしとき」

返事ができずに玄関の扉を開く。「すり抜けられんのに」と笑って、蛍明は手を振る。

何か別れの言葉を言いたかったのに、声を出したら表情が崩れてしまいそうだ。

「日花」

名前を呼ばれて、俯けていた顔を上げた。蛍明は随分と困った顔をしていた。

「なんでお前が見捨てられたみたいな顔しとんねん。お前が俺を見捨てなあかんねんで」

ああそうだ。ついさっき見捨ててやるなんて豪語した。じわりと視界が滲む。溢れたものを蛍明に見られてしまう前に俯いた。

「バイバイ」

「……うん、じゃあな、バイバイ」

何度か躊躇して、彼の足がエレベーターのほうを向いたのが見えた。

少し待って、顔を上げる。

涙がいくつか落ちた視界には、もう蛍明の姿は映っていなかった。何度目を凝らしてみても、彼はどこにもいない。

扉を閉めて、リビングに戻る。

ソファにゴロリと寝転んで、広い部屋でたった一人、よくわからない喪失感に打ちのめされていた。この喪失感は、蛍明が成仏する姿を見届けることができていたら消えたのだろうか。

腕で目元を覆ってじっとする。

切り替えなければ。

蛍明の言うとおり、家に帰り家族に会えば彼の記憶は戻るだろう。蛍明は無事に成仏できるはずだ。大丈夫、大丈夫だ。

そう自分に言い聞かせてから起き上がる。まずは部屋中に散らばった地図を片付けて、図書館に返しに行かなければならない。

ふと目に入ったノートパソコンを閉じようと手を伸ばす。蛍明の実家の写真を消し、周辺地図の表示されたブラウザも消そうとして気付いた。本当に家の目の前に、蓮見川という川が流れているようだ。何気《なにげ》なく見える範囲を広くして、日花の指が止まった。

蛍明が言っていたはずだ。家の近所には大きな川と制服の可愛い高校、そして小さな果樹園があると。それなのに一番近くの高校でも家から直線距離で五キロは離れているし、そもそも市内に果樹園らしきものはない。

ざわっと背中が鳴った。眉間を寄せる。何かがおかしい。

それほど大きくない市内をくまなく見て、もう一度蛍明の家を表示する。何か手掛かりはないだろうかとズームして、そして気付いた。

家の表札が『桐原』ではない。『市橋《いちはし》』だった。画像はぼやけているが、決して見間違いなどではない。蛍明は確かに「俺の家」だと言った。記憶違い、さすがにそんなことはないだろう。

どういう理由があるだろうか。親が離婚、いや、家族は両親と妹の四人だと言っていた。何かわけありで母親の旧姓などを名乗っているだとか、実は蛍明は結婚していて奥さんの名字だとか。それなら妹の名前を思い出したときに『桐原蝶子』とは言わないだろう。

それよりも、ここに住んでいたが引っ越したという可能性のほうが現実的だ。

そしてそれを、蛍明はまだ思い出していないだけだとしたら。

ノートパソコンを勢いよく閉めて、立ち上がってそしてたたらを踏む。

もしこの家まで行って他人が住んでいて、何も思い出せなかったら蛍明はここに帰ってくるだろう。どうにもならなかったら、きっとまた頼ってくれる。それなのに、すれ違いになる危険を冒してまで彼を追いかけるべきか。

少し考えて、日花はずしりと重たくなった心臓の辺りを手のひらで押さえた。

蛍明はまた、頼ってくれるだろうか。

ずっと、これ以上日花の迷惑にならないようにと動いていた蛍明。彼はもう何があっても、ここには帰ってこないのではないか。

混乱した頭を落ち着かせようと残っていたイチゴを食べて、それが驚くほど酸っぱくて嫌な予感が倍増した。

腰をまた座面に戻す。蛍明を追いかけるために、今まで守ってきたルールを破るのか。今回は、数日前のバス代数百円とは比べ物にならない金額がかかる。

蛍明のために。追いかけたって会えないかもしれない彼のために。たった五日間一緒に暮らし、もうすぐ成仏して跡形もなく消え去ってしまう幽霊のために。

「……違う」

わざと口に出して否定する。

「違うの」

そう、違う。今回の兵庫行きは、別に蛍明を助けに行くわけではなく。

「ちょっと、あれだ。……別宅に遊びに行くだけ。旅行に……そう、旅行に行くって兄さんに言ったし……」

誰にともなく言い訳をするようにひとりごちて、勢いよく立ち上がる。

大きめの鞄に着替えとポーチと諸々を押し込んで、日花は部屋を飛び出した。


蛍明に追いつくつもりでいた。

マンションを出てすぐにタクシーに飛び乗って、歩いて十五分の駅まで五分以内に着いた。そこから新幹線の駅まで数駅。着いてすぐに新幹線の切符を買って、ホームをぐるりと回ってみても蛍明の姿を見つけられずに、時間ギリギリで新幹線に乗り込む。車両の端から端まで回ってみても彼の姿はない。

もしかすると蛍明はもう一本早い新幹線に乗ることができたのか、それとも日花のほうが早かったのか。マンション前のバス停から運よく駅行きのバスに乗れたのなら、これより早い新幹線に乗れたのかもしれない。

手に持ったスマートフォンを握り締める。携帯電話がない時代の人々は、どうやって待ち合わせをしていたのだろうと苦々《にがにが》しく思う。

いや、今の時代にも昔にも、どこにいるのかわからない幽霊を、他県を跨いでまで捜そうとする馬鹿なんていなかっただろう。

なぜあのとき、無理矢理ついて行かなかったのか。蛍明にこの体を止める術《すべ》はない。最悪、財布とスマートフォンさえ持っていればどうにかなった。彼に来るなと怒鳴られたって、無理矢理にでもついて行けば。

強い後悔に打ちひしがれている間に兵庫に着いて、改札口に向かう階段の近くで乗客の顔を眺める。蛍明の姿はなかった。迷ってその次の新幹線も待ってみたが、結果は同じだ。

これ以上待つと日が暮れてしまう。

すぐに駅を出て私鉄とバスを乗り継いで蛍明の家に向かったが、ようやく家の前に辿り着いたのはもう夕日が赤くなり始めている時刻だった。

白い壁に緑の屋根。残しておいたスクリーンショットと見比べる。確かにここだ。

そしてやはり表札は『市橋』だ。木製の表札は雨風にさらされて随分と傷んでいる。一年や二年ではこうはならないだろう。

辺りを見回してみるが、蛍明の姿はなかった。ぐるりと周辺の道路を回ってみたが、それでも見つけられない。

一度その場を離れる。

目の前を流れる川の、それに架かっている橋の欄干《らんかん》にもたれかかった。橋の下を覗き込んでみる。ここが蛍明が言っていた大きな川だろうか。

確かに腰をかけられるコンクリートの土手はあるし幅も十数メートルあるが、肝心の水量があまりにも頼りなさすぎる。水の幅は二メートルもないのではないだろうか。時期的なものもあるかもしれないが、どう見ても大きい川には見えなかった。

見渡すと、橋のすぐ近くに川の名前と全体図が載っている看板があった。やはりこの辺りの川幅は細いようで、南下した下流は幅も広がるようだ。

蛍明を待ちながらもう一度スマートフォンで地図を開いてみる。何度確認してもこの辺りに高校も果樹園もなかった。

この川沿いにある高校を片っ端から調べてみようかと思ったが、予想外に大きくて枝分かれしている川のそばにはいくつも学校が建っている。蛍明の言う近所がどれほどの距離なのかもわからない。果樹園だって、小さいと言っていたからオンラインの地図には名前は表示されないかもしれない。

色々な条件で検索をしてみたが、上手くいかない。

「どうしよう……」

思わず声に出してしまったのは不安からだ。

ここでもう少し蛍明を待ってみるかとも考える。しかし彼はお調子者だが馬鹿でも要領が悪いわけでもない。この五日間でそれはよくわかっていた。

彼は日花よりも早い新幹線に乗って先にここに着いていて、そして引越し先の住所を思い出してすぐに向かったとしたら。

そうだとしたら、もう蛍明と会う術はないだろう。

日花は首を横に振る。違う、彼が引越し先の住所を思い出せているのなら、もう会う必要はないのだ。もう日花は必要ない。

だったらこのまま帰るのか。ここまで来て。

空を見上げる。赤い夕日は、もう建物の向こうに隠れてしまった。

唇を真一文字に引き結ぶ。

でも、やっぱり、もう一度蛍明に会いたい。

会って、色々言ってやりたい。さっきも後悔をした。どうして彼について行かなかったのかと。

もう後悔するのは嫌だ。

市橋家に近付く。その市橋家を通り過ぎてすぐ隣、もう築五十年近くになるであろう木造の古い家。

日花は震える手で、その家のインターホンを押した。

家の中からガタガタと音が聞こえて、間もなく明るい返事が聞こえた。

『はーい、どちら様？』

「……あの、お忙しい時間に申し訳ございません。少しお尋ねしたいのですが、以前この辺りに住んでいらっしゃった桐原さんという方をご存知ありませんか？」

『桐原さん？　ええとね……ちょっと出るから待っててね』

「はい、すみません」

　知らないのなら知らないと答えるだろう。この忙しい時間にわざわざ対応してくれるということは何かしら知っているのだろう。

　数秒後、エプロンをつけたまま出てきたのは四十代ほどの女だ。彼女は日花を上から下まで見て、少し警戒した声で尋ねた。

「桐原さんとどういうご関係？」

「あの……小学生の頃にここに短い間住んでいて、そのときに息子さんの蛍明さんにとてもお世話になって……久しぶりにここに来たのでお家を訪ねてみようと思ったんですが、表札が変わっていたので……」

　そう言って市橋家を見る。日花の必死の嘘に、彼女の表情が少しだけ緩む。

「そこの川で、よく遊んでもらって……コッコって呼んでました」

　体を縮めて彼女の返事を待つ。もし不審者だと思われて警察を呼ばれでもしたらおしまいだ。

しかし彼女は「あっはは、懐かしいあだ名やな！」と明るい声で言うと、笑顔を見せてくれた。ホッと息を吐くのと同時に冷や汗が噴き出す。どうやら信用してもらえたらしい。

このあだ名が役に立つなんて思わなかった。

「それで呼んだらめっちゃ怒っとったやろ？」

「はい、とても」

「蛍《けい》君、ようちっちゃい子引き連れて遊んどったけど、そん中の子か」

肯定も否定もせずににこりと笑う。彼女は都合のいいように勘違いしてくれたらしい。

「桐原さんね、何年前やったかなぁ、確か六年くらい前までお隣に住んどったんやけど、お父さんの仕事の都合で家を売って引っ越ししはったんよ」

「引っ越し……」

六年前ということは、蛍明が十七か十八歳のときだろう。

「どこに引っ越されたか、ご存知ではないですか？」

「さぁ、どこや言うとったかなぁ……あ、北村《きたむら》さん！」

彼女が日花の背後に向かって叫ぶ。振り返ると、そこには犬の散歩をしている初老の男がいた。

「前ここに住んどった桐原さん、どこに引っ越ししはったか知っとります？」

「桐原さん？　あー、どこや言うとったかいの」

二人でああでもないこうでもないと話をして、色々と脱線をしながらも一つの地名が浮かび上がった。南に行った、ここよりも大きな街だ。

「ありがとうございます。この引越し先に住んでる同級生がいるので、一度聞いてみます」

「そうしいな。無理はせんようにね」

優しく接してくれる住民たちに良心がズキズキと痛む。大丈夫、蛍明やその家族に危害を加えるための嘘ではないと、心の中で必死に言い訳をする。

「えらい必死に捜しよるけど、会わなあかん理由があるの？」

何かを疑われているのではなく、それは純粋な疑問らしい。

「あ、あの……」

胸元で両手を握り締める。

「どうしても、もう一度だけでいいから……会いたくて……」

顔に熱が集まってくるようだ。日花を見る二人の笑顔がいたたまれない。幼い頃の恋をまだ忘れられない女の演技だったが、顔が熱くなるほど恥ずかしいのは事実だ。

「はー、こないな別嬪《べっぴん》さんに追っかけてもらえるなんや、蛍ちゃんも隅に置けんなぁ」

「もし会えたらよろしく言っといて」

「わかりました、伝えておきます。本当にありがとうございました」

頭を下げて、手を振る彼らに手を振り返してその場をあとにした。

近くのバス停でバスの時間を確認してから、ベンチに座ってスマートフォンを取り出す。

目指す街には高校は全部で六校、そのうち川の近くにあるのは二校。その周辺を大きくズームして細かく見ていくと、一つの高校のそばに果樹園らしきものがあるのを見つけた。名前は表示されないが、衛星写真で見てみるといくつかの木が等間隔に並んでいる、小さな小さな果樹園のようだ。

「この辺りだ」

かなり狭い範囲まで絞り込めた。空を見上げる。東の空はもう夜の色をしていた。やって来たバスに乗り込んで、最寄り駅からの経路を調べる。そして日花は眉間のしわを深くした。バスと電車の接続が悪く、上手くいっても着くのは二十時を過ぎる。タクシーは、この距離を乗ると帰りの新幹線代がなくなってしまう。

全く知らない、治安がいいのか悪いのかわからない土地で、夜間に幽霊を捜してうろつく。それがどれほど危険かくらいは理解できる。

今日はもう、これ以上はだめだ。ぎゅっとスマートフォンを握り、窓の外に視線をやる。

日花は通り過ぎていく見慣れない景色の中に蛍明がいないか、無駄だと知りつつ必死に捜した。

朝早くに別宅を出て、九時頃には蛍明の引越し先である街に着いた。遠くに高校らしき建物が見える。まずはあそこを目指し、果樹園と川にも寄ってみよう。

そう決めて、日花は途方に暮れる。

その過程で蛍明が見つからなければ、これからどうすればいいのだろう。勢いだけでここまで来てしまったが、今度は蛍明の家を見つけたって昨日のように突撃するわけにはいかない。さすがに家族に嘘をつき通すのは無理がある。

スマートフォンに表示した地図を見ながら、とぼとぼと高校を目指す。

この、砂漠の中からたった一つの小石を探すような無謀《むぼう》な行為。

日花は一つ決心する。今日一日蛍明を捜して、もし見つからなければ諦めるということだ。蛍明の言っていたことを信じて、数日経っても日花のマンションに帰ってこなければ無事に成仏できたと、そう考えよう。

深く俯けていた顔を、前から聞こえた明るい声に思わず上げる。私服を着た高校生くらいの女の子二人が前から歩いてきていた。

蛍明の妹の蝶子は確か今年で十八歳、高校三年生だ。この子たちと同じくらいなのだろう。前から歩いてくる二人組をさり気《げ》なく見る。当たり前だが別人だ。さすがに、こんな都合のいい偶然はないようだ。

隣を通り過ぎてから、マップを確認するために立ち止まる。そういえばと目指している高校の制服を検索してみた。なるほど、確かにこれは可愛らしい。

マップに画面を戻してスマートフォンから顔を上げた、そのとき。

「蝶子！」

通り過ぎた二人組のうちの一人のものと思われる大きな声に、日花は体を強張らせた。

まさか、まさか、と古いロボットのような動きで後ろを振り返る。

手を振る二人組に向かって大きく腕を振りながら近付いてくるのは。

よく日焼けしていたSNSの写真からは見違えるほど白い肌になっていたが、それ以外はあの写真のままの、桐原蝶子だった。彼女が着ているのは、さっき見たばかりの可愛らしい制服だった。

「蝶子、今日補習やっけ？　時間大丈夫？」

「いや、補習行っとったんやけどさ、親から連絡あって病院来いって。今から着替えて向かうとこ」

友人たちはその言葉に絶句して、何も言えない代わりに蝶子の手をそれぞれ握り締める。

蝶子は友人のその行為にぐっと唇を噛んで、それから歪みかけた顔を笑顔に作りかえた。

「ごめんなぁ、暗くしてもて！　大丈夫やで！　まだどうなるかわからんし！」

彼女は握り締められた手を握り返してブンブンと握手するように振る。

「頑張ってな、蝶子……」

「うん、ありがと！　じゃあ行ってくるわ！」

手を振って三人は別れる。二人組は道路の向こうへ渡っていって、蝶子は浮かべていた笑顔を消して、目元を何度も乱暴に擦ったあと、少し俯いたまま日花のそばを通り過ぎた。

「あの、すみません！」

思わず呼び止める。振り返った蝶子を見て、一気に血の気が足元まで落ちた。

声なんかかけてどうするつもりだ。

蝶子はマップの表示されたスマートフォンをちらりと見て道でも聞かれると思ったのか、「はい、何かお手伝いしますか？」と蛍明によく似た屈託ない笑顔を日花に向けた。

　こうなればもうヤケだ。

「あの、桐原蝶子さん、ですよね？」

　その途端、彼女の笑顔が消え、その顔にまざまざと警戒の色が浮かぶ。

「……どちら様？」

　どうにか怪しまれないように、なんてもう手遅れだ。

「私、花岡と言います。あなたのお兄さんの蛍明さんの……その……彼女、なんですけど」

　咄嗟に出た嘘で自分の頭や視界がぐるぐる回り始めたのがわかった。もし蛍明に蝶子が知っている彼女がいたらどうしようか今さら肝が冷えたが、その心配はなかったようだ。

「え⁉　お兄ちゃん彼女おったんか！」

　そしてこんなに簡単に突然現れた不審な女を信じて大丈夫なんだろうか。

「突然声をかけて、驚かせてしまってごめんなさい。蛍明さんに、妹さんの写真を見せてもらっていたから。さっき名前が聞こえて、もしかしてと思って……」

　できるだけ不信感を抱かせないように、苦手な愛想笑いを浮かべる。蝶子はまじまじと日花を見つめながら、まだ少し警戒を含んだ声色で尋ねた。

「ここら辺の人と違いますよね？」

「ええと、東京なんですけど」

「東京……あれか！　就職前に二週間研修受けに行っとったときの！」

もしかしてと、蛍明がなんとなく覚えがあると言っていた東京の地名を言ってみる。

「そう！　そこで研修するって言っとった！」

ようやく謎が解けた。

彼があの場所を知っていたのは、たった二週間だけ訪れたことがあったからだ。

「そうです。そのときに、私が蛍明さんに道を教えたことで知り合って、その……お話ししている間に、ええと、とても英語がお上手なことを知って、少しだけ教えていただけることになって……そこから、お付き合い、というか、そんな感じになって……」

「はあ⁉　お兄ちゃん、研修は忙しくて観光もできんかったって言うとったくせに、ちゃっかりナンパは成功させとんか！　お兄ちゃんあれですよ、高校のときにちょっとのあいだ交換留学でアメリカ行っとっただけやから、大したことないですよ！」

「いえ、お上手でしたよ」

付き合っていたというこの嘘は、できれば蛍明には知られずに成仏してもらいたい。知られたら絶対にからかわれるだろう。

「蛍明さんが帰られたあとも連絡をとっていたんですが、最近になって突然メッセージが返ってこなくなって……何かあったのかと……」

冷や汗で体が冷えていくのがわかった。

随分と物騒な設定の女にしてしまったなと自分でも思う。二週間の研修の間に出会って付き合うことになり、研修から帰って遠距離恋愛になったら音信不通だ。普通なら遊ばれていたと思うだろうに、わざわざ東京からここまでやって来て当てもなく本人を捜しているなんて、完全に危ない女だ。

それなのに蝶子はその顔に同情を浮かべる。

「ごめんなさい、メールでやり取りしてる人には連絡したんですけど、メッセージのほうはお兄ちゃんロックかけてて見れなくて……」

なんて純粋無垢な女子高生だ。それとも自分の兄が女遊びをするなんて露《つゆ》ほども思っていないのだろうか。確かに蛍明のあの性格なら、女遊びなんてできなさそうだ。

「連絡……？」

素知らぬふりをしてそう尋ねる。

蝶子は俯いて、なんと言えばいいのかわからないという顔をする。彼女だと語る女に、兄は死にましたと伝えるのはそれはそれは勇気のいることだろう。

酷なことをさせてしまっている状態に罪悪感を抱く。

「何か、あったのなら……覚悟はできています」

できるだけ彼女の心労を取り除こうとする。蝶子は顔を上げ、日花の顔を見てもう一度俯いた。

「お兄ちゃん……仕事中に事故に遭ったんです。上から落ちてきた物が頭に直撃して……。お兄ちゃんの仕事は、知ってますよね？」

窺うような視線に、表情を変えずに頷く。

「建築関係のお仕事をされていると」

これ以上細かく聞かれたら誤魔化しきれないと思っていたが、蝶子は細い息を吐いて、体から力を抜いたようだ。彼女は日花のことを信用することにしたらしい。

蝶子は唇を引き結んで鞄を漁《あさ》る。取り出したのは可愛らしいメモ帳で、そこにさらさらと何か書いてちぎって、彼女は日花にそれを差し出した。

「ここに……」

蝶子が言葉を切ったのは、声が震えて涙が落ちたからだ。何度か嗚咽を上げて、袖口で涙を拭って、彼女は絞り出すように続ける。

「ここに行ってあげてください。声、掛けてあげてください……」

日花がメモを受け取ると、すぐに蝶子は深々と頭を下げた。

「お願いします……！」

そのまま彼女は、日花の顔も見ずに駆け出して、あっという間にその姿は見えなくなった。

「今でも十分、足、速いけどな……」

日花は手の中のメモを握り締める。

仕事中の事故。もし蛍明がまだ成仏していなければ、これを伝えればきっと思い出すだろう。

気怠い手でメモを持ち上げる。そして目を見開いた。

蝶子が渡してくれたメモは、蛍明の墓の住所だと思っていた。

しかし書いてあるのは、とある施設の名前と、三つの数字。

「なん、で」

理由を考える。考えても考えても、それ以外思いつかない。

「……蛍明！」

堪らずに叫んで駆け出す。少し走って、すぐに立ち止まった。

蛍明はどこにいる。

彼はまだどこかにいる。必ず、どこかに。

「落ち着け……」

彼がいそうな場所は。

もし自分が蛍明なら。

辿り着いた住所が昔の住所だと気付き、もし新しい住所を思い出せたのなら、もうこの辺りにいるかもしれない。しらみ潰しに捜すしかない。

しかし、もし思い出せていなかったとしたら。

日花は顔を上げる。

確証なんて一つもない。ただの勘だ。

地図アプリを開いて、行き先を決定する。電子音声に従って、日花は走り出した。


すぐに辿り着いたのは大きな川だった。

蛍明が以前住んでいた家からも続いている、蓮見川だ。川幅は十数メートル、もしかしたらそれ以上あって、これなら蛍明が大きい川と言ったのも頷ける。

欄干に駆け寄り、川岸を見やる。

蛍明があの住所を訪れ、それからなんの手掛かりも得られていなかったとしたら。

彼は記憶にある川の景色を探すために、川沿いを下流に向かって移動してきているのではないか。日花はそう予想していた。蝶子が引っ越しで会えなくなった友人に会うため、この川岸を遡ったように。

歩けば恐らく四、五時間かかる。寝ずに移動していたらもう着いているだろうし、途中で休憩したり寝たりしたのならまだ歩いているかもしれない。

彼はとにかくよく寝ていた。昼寝もよくしていたくらいに。寝ずに移動するよりも、どこかで眠ってから移動し始めた可能性が高い。

とにかく、今思いつくのはここくらいしかない。新しい住所を思い出していたって、この川沿いにいる可能性は十分ある。少し歩いてみて見つからなければ、次にどうすればいいかを考えよう。

見渡してみたが川岸に人影はない。ここは草が多くて腰をかけられそうな場所もない。遠くのほうまで見える下流も同じだ。

日花は上流に向かって歩き出す。少し歩いたところで、整備された川岸とそこに降りる階段が見えた。ちょっとした散歩道になっているようだ。

その散歩道を、対岸も見ながら蛍明の姿を捜して歩く。

早歩きで歩いて、息が切れ始めた頃だ。もう高校は見えなくなって、随分遠くまで来たことを知る。

じわりと滲んだ涙を拭う。泣くにはまだ早い。

諦めるには、まだ早い。

もう少し歩いてみようと「よし」と自分を奮い立たせるために声を出して顔を上げたときだった。

こちら側の岸に、今まで背の高い草で見えなかった黒い人影が見えた。

ぼんやりとしていた黒い影は、近付くにつれ形を鮮明にする。

川岸に腰を掛け、ぼんやりと川を眺めているその横顔は。

「け、い……」

間違いない。間違えるわけがない。

周りを確認する余裕なんてなかった。

「蛍明!!」

悲鳴のような声に、蛍明は驚いたように顔を上げ振り向く。彼はふらふらと立ち上がって、そして目も口もぽかんと開いたまま体を固まらせたようだった。

彼のそばに駆け寄る。

ようやく、ようやく会うことができた。

「日花……おま、お前、嘘やろ、なんでここに……」

「いいから来て!」

そう言って彼の腕を引こうとするが、それはするりとすり抜ける。忌々《いまいま》しく手を振り下ろしてから、しがみつくように蛍明を見上げた。

「わかったの、あなたの体の居場所が!」

「からだ……？」

「蛍明、あなたの体、まだ死んでないかもしれない……！」

その言葉に、彼は初めて会ったときと同じように目玉が落ちそうなほど目を真ん丸に見開いた。

「……どういうことや」

「とにかく歩きながら」

一人で歩き出した日花に、蛍明が小走りで追い付く。

「ちょっと待って……寝ても寝てもしんどくて、その状態でずっと川のそば歩いてきたから、もうくたくたやねん」

「這ってでもついてきて」

くたくたはお互い様だ。早く行かなければ。本当に死んでしまう前に。

蛍明はぜいぜいと肩で息をする日花を見下ろして、黙ったまま隣に並んだ。階段を駆け上って、息を整える間もなく歩き出す。

「蛍明、さっき」

「待て日花。お前一人でペチャクチャ喋っとったら不審者やと思われんぞ」

辺りを見渡す。今のところ人はいないが、もうすぐ大通りに出る。

「……電話してるふりをしておく」

スマートフォンを耳に当てる。これで怪しまれたりはしないだろう。蛍明の顔は見ずに前を向いたまま話し出す。

「さっき、あなたの妹さんに会ったの」

一瞬彼の息が詰まったのがわかった。

「……な、んで」

「あなたが最初に目指した家、他の人が住んでいたでしょう？　そこの隣に住んでる人に聞いたの。蛍明の小学生のときの友達だって言ったら、この街に引っ越したって教えてくれて」

ちらりと見上げると、彼の眉間に盛大にしわが寄っているのが見えた。構わず続ける。

「この街で、あなたが言ってた高校と果樹園と大きな川がある場所、その近くにあなたの今住んでいる家があるはずだって探してたら、偶然妹さんに会った」

「そんな……そんな奇跡みたいなことあるんか？」

「蛍明が言ったんでしょ。いいことしたからいいことが起きるよって」

大通りに出てようやく立ち止まり、車道を見渡す。

「思い出せる？　あなたは仕事中に落下してきたものが頭に当たって大怪我《おおけが》をした」

「仕事中……？」

蛍明は呟いて、自分の足元に視線を落とす。

長い間そうしていて、それから頭を抱えてその場にしゃがみ込んだ。

「せや……危ない、って声が聞こえて……仕事中、入社してすぐ……その日は現場で研修するって、ヘルメットもないんかいって同期と話しとって」

彼の手が後頭部の髪を鷲掴《わしづか》みにする。

「危ない、避《よ》けろって聞こえて……振り返る暇もなかった。避けれるかあんなん……」

どうやら思い出したようだ。しかし彼の姿が消える気配はない。

それはやはり、体が生きているからだ。

痛むのだろうか、そこに何かがぶつかったのだろうか。ずっと押さえている頭をさすってやりたい。しかし触れられない、今は、まだ。

「妹さんが教えてくれたの」

そう言ってメモを差し出す。

そこに書いてあるのは、病院の名称と、そして「505」という数字。

「五〇五号室、死んだのなら病室にいるはずがない。あなたの体はまだ生きてる」

この辺りのタクシー会社を検索しようとしたときだ。運よく通りかかったタクシーに手を上げて停める。乗り込んで、反対側のドアをすり抜けて蛍明も乗り込んだのを確認して、病院名を告げた。

胸を押さえ、ようやく荒れた息を整えることができた。

実際は十分ほどの距離だったが、会話もなくじっとしているせいなのか時間が過ぎるのが恐ろしいほど遅い。

蝶子が友人に話していた「補習に行っていたけれど親に病院に呼び出された」「まだどうなるかわからない」という言葉。聞いたときはなんのことだか想像もしなかった。

病院には蛍明がいる。そして、補習を中断させてまで家族を病院に呼び出すということは。

あの川岸まで辿り着いていた蛍明は、どれほど時間がかかるかはわからないが、周辺を歩き回れば自宅を見つけることができただろう。家の中で家族の話を聞けば、記憶を取り戻せたかもしれない。

でももしかしたら、そこに辿り着くまで彼の体はもたなかったかもしれない。

支払いをしてタクシーを飛び降りて病院に向かう。

「なあ日花、お前、なんでこんな無茶したんや」

病院のロビーを横切りながら、ようやく頭が回るようになったらしい蛍明が低い声で言う。患者が多いので返事はしない。

エレベーターに乗り込み、同乗していた人が二階で降りる。ようやく二人きりになって蛍明の顔を見上げた。彼は険しい顔のまま同じ言葉を繰り返す。

「なんでこんな無茶したんや。実際に会ったこともない男のこと嘘ついてまで捜し回って、下手《へた》したらどうなっとったかわからへんぞ」

わかっている。自分でも無茶をしたなと、思い出すだけで足が震える。でも。

「だって」

蛍明に向かって手を伸ばす。触れられない胸に手を添わせる。

「だって、ひとりにしたくなかった。助けたかったの、蛍明」

寂しい思いをさせたくなかった。

泣かせたくなかった。そして。

「もう一度、会いたかった」

滲む視界の中で、蛍明が日花の手に触れようとする。もちろん触れ合うことも、お互いの温度を感じることもない。

「……なんで」

その手が日花を抱きしめるように背中に回される。目前に迫った体は、思っていたよりもずっと大きい。

「なんで、触られへんねやろ……」

首筋にうずめられている頭に頬を擦り付ける。

背中に手を回し、引き寄せられない体に縋り付く。

彼のためにここまでしたことに後悔はない。

蛍明は息を吸って、それから吐息とともに囁《ささや》いた。

「ああ……匂い嗅ぎたい……」

「……私のときめき返してよ」

やっぱり蛍明は蛍明だ。

少し安心して、彼を置いたまま開いた扉からエレベーターを出た。目の前のナースステーションには二人の看護師がいて、とても忙しそうにしている。

「すみません。桐原蛍明さんに面会できますか？」

看護師は日花の顔をちらりとだけ確認して、視線を手元に落としてから面会簿を差し出した。

「こちらにご記入ください」

「はい」

無事に面会簿を渡され安堵する。あまりにも容態がひどいのなら、家族以外は面会できないかもしれないと思っていたからだ。

面会簿に名前と、患者との続柄には少し迷って『友人』と書く。

「同棲して寝顔まで見せ合った仲やのに、友人とか他人行儀やわぁ」

こんなときまで冗談を言えるその顔面を拝んでやろうと彼に目線だけやったが、その顔は強張っている。気を紛らわせるための軽口だったらしい。

書いたものを看護師に差し出すと、彼女は確認すらせずに「五〇五号室です。三十分以上の面会はご遠慮ください」と言った。

「ありがとうございます」

軽く頭を下げて病室へ向かう。蛍明はそのすぐ横を歩いていた。

「なあ」

一瞬見上げてそれを返事にする。

「俺、体に会ったら……ちゃんと戻れんのかな」

それはわからない。日花にとっても初めての経験だった。

蛍明が立ち止まる。それを振り返った。

「……ちょっと怖いな」

まぶたを伏せたその顔は、いつか見た顔だ。ベッドのそばで怖いと震えていた、あのときの。

「もし戻れんかったら、俺、このまま消えるんかな」

あのときは何も言えなかった。死んだ人は生き返らないからだ。

でも今は違う。彼はまだ生きている。

「大丈夫だよ」

視線を上げ、蛍明が日花を見る。

にこりと笑って、手を差し出した。

「私がついてるから、大丈夫」

蛍明が目を大きくする。それから噴き出して笑った。

繋げない代わりにハイタッチするように手を合わせて再び二人で歩き出す。

「なんでそんなに頼もしいん。……マジで惚れるねんけど」

「ここだね、五〇五号室」

「照れ隠しのボケにはツッコんでくださいって、俺言うたよな？」

「行くよ」

ノックをして、扉を開く。個室のようだ。

蛍明の家族の誰かがいるだろうと思っていたが、人影はない。

日当たりのいい窓辺の、ベッドを半分隠しているカーテンを引く。

そこに横たわっているのは、蛍明だった。

頭には何重もの包帯が巻かれているが、その顔はずっと見ていた蛍明そのものだ。

様々な機械に囲まれ酸素吸入のマスクをつけて、彼は微かに腹を上下させていた。

表示されている心拍も血圧も弱々しい。でも彼は生きている。

こんなことがあるのか。やはり彼は幽霊ではなかった。

「幽霊じゃなかったんだね。なんだろう、幽体離脱とか、生き霊とか？　だから見た目が変わらなかったのかな。幽霊とは別物なのかな」

呟いた言葉に返事はない。

隣を見上げると、そこにはもう、蛍明はいなかった。

彼のことだ。カーテンの後ろに隠れて驚かせようとしているんじゃないかと勘ぐったが、カーテンを引いてもベッドの下を覗き込んでも、もう蛍明の姿はどこにもなかった。

「……ほらやっぱり、ちゃんと戻れたでしょう？」

シーツの上で力の抜けている指に触れる。透き通っていない、温かな体が確かにここにある。その形を確かめるようにゆっくりなぞると、まるでくすぐったいとでも言いたげに、蛍明の指がぴくりと動いた。

「蛍明、起きて」

返事をするように、そのまぶたが震える。

ゆっくりと、蛍明の目が開く。少しの間ぼんやりと天井を見上げていた瞳が、左右に動いて日花の姿を捉えた。

唇が微かに動くが聞き取れない。首を傾げると、さっきよりももう少し大きく口が開いた。

「……だ……れ？」

掠れてほとんど音になっていない声に、日花は凍り付く。

「覚えてないの……？」

唇を震わせて、ベッドに手をついた。

「蛍明、私は――」

名前を言おうと開いた唇を、力なく閉じる。

思い出させてしまうのか。自分が何者なのかわからない恐怖も、自分がもう死んでしまった存在だという絶望も。

つらかった頃の記憶なんて、なくなってしまったほうがいいのかもしれない。

シーツを握り締め、蛍明ににこりと笑いかけた。

「ただの、通りすがりのお人好し」

体を起き上がらせようとしたが、手を引かれる。蛍明が震える手で日花の指を掴んでいた。

その目が日花を見ている。何かを思い出そうとしている視線を遮るように俯いて、蛍明の手を握り返した。

「蛍明、早く元気になってね」

彼はまた何か言ったようだが、聞き返さずにナースコールに手を伸ばす。すぐに『どうされました?』と返事が聞こえた。

「桐原さんが目を覚ましました」

『……すぐに行きます!』

通話が切れて、パタパタと廊下を小走りする音が聞こえた。邪魔にならないようにベッドの足元に下がる。

ノックと同時に、さっきまでナースステーションにいた看護師二人が入ってくる。ベッドの横に張り付いて蛍明に何か話しかけていて、彼はそれにたどたどしいが受け答えできているようだ。

「ご家族は……お母さん来てるはずやね。どこか行くって言うとった?」

「いや、聞いてない」

「トイレかな。私捜してくるわ」

そう言って看護師が一人出て行った。それを見送って、日花はもう一人の看護師を見る。

「外で待ってます」

「はい、ナースステーションの前に待合室がありますから」

「わかりました、ありがとうございます」

最後にもう一度蛍明を見る。

酸素吸入マスクでその視線がどこにあるのかはわからないが、顔は日花のほうへ傾いている。見えているかどうかわからないが、バイバイと手を振った。

そして病室を出て、廊下を歩き出す。その日花の背後から、廊下を駆ける大きな足音が聞こえた。

「蛍！　蛍‼」

同時に悲鳴のような声が聞こえて、振り返ると誰かが蛍明の病室に飛び込んでいくのが見えた。大声で泣く声と、「よかった、よかった」と繰り返す声が聞こえる。そのあとに続いてさっきの看護師が病室に入り、中途半端に開いていた扉が閉まって、その声が小さくなった。

背中を向けて、空っぽのナースステーションに近付いた。受け付けに置きっぱなしになっている面会簿のそばに手をついて、パンプスを履き直すふりをする。面会簿の自分の名前を確認してからさり気なく破り取って、クシャクシャに丸めてポケットに突っ込んだ。

蝶子には花岡と名乗ってしまったが、名字だけで日花個人を特定するのは不可能だろう。これで蛍明が日花を思い出さない限りは、二人を繋ぐものは何一つなくなった。

小さな待合室を通り過ぎてエレベーターに乗り、病院を出て、立ち尽くす。

これでいい。いつもと同じ、いいことをした充足感と物悲しさ。

いや、今回は物悲しさではなく寂しさだ。この喪失感は、彼が成仏ではなく体に戻れたって消えるものではなかったらしい。

ただただ、蛍明がそばからいなくなったことが、もう二度と会えないかもしれないことが、悲しくて、そして寂しかった。彼の明るい笑い声を、面倒くさいわがままを、もうそばで聞くことはない。

首を振って涙を振り落とす。

彼の意識は戻った。怪我がどれほどなのか、どの程度まで体を回復させられるのかわからないが、まあ蛍明ならなんとかやるだろう。

そして日花も、休みの間に全てを解決することができた。あとは今日中に東京に帰り、日常に戻るだけだ。

終わった。もう何も心配しなくていい。いいことをしたのだから、また何かいいことがあるかもしれない。

「……美味しいもの買って、兄さんに謝りに行こう」

あと、友人にも連絡してみよう。明日予定が空いているなら、約束していた店に行くのもいい。ようやく約束が果たせる。

日花は顔を上げる。そしてバス停に向かって歩き出した。

◇◇◇

「休講……」

学内の掲示板を見つめ、日花は呟く。

午後の授業を受けに大学まで来たが、見てのとおりの有様だ。

「この教授、いつもギリギリに掲示板で休講の連絡出すんだよ。せめてホームページで知らせてくれればいいのに」

知らない誰かが後ろで愚痴を言うのに内心で同意する。

この炎天下で汗だくになりながらこの講義のためだけに来たというのに、全くの無駄足だ。

なんとなくデジャヴを感じながら、別の講義を受ける友達に休講だから帰るとメッセージを送り、日花はまた七月半ばの暴力的な暑さの太陽の下に出た。

いつもは駅に近い裏門から出るが、今日は寝坊して慌てて家を出たせいで日傘を忘れてしまった。少しでも日陰の多い正門から帰ることにする。

木陰を渡り歩くように進んでいると、ふと視線を感じたような気がして顔を上げた。

何気なく辺りを見渡して、正門の向こうに一人の男を見つけた。

視線は合わないが、なかなかのイケメンだ。幽霊だろうか、それとも。

顔を俯ける。

蛍明と別れ日常に戻り、日花は幽霊助けをするときのルールをひとつ追加した。

それは幽霊に情を移すような行動は取らない、というルールだ。

何日か行動をともにしたり、必要最低限以上の会話はしないほうがいい。

幽霊が見えるという命をかけても隠し通さなければならない秘密を、彼らは共有してくれる存在だ。そんな彼らと長い間過ごして、情を移すなと言うほうが難しい。蛍明と過ごしてそう痛感した。

彼のような人懐っこい人はそうそういないだろうが、それでも一度情を移してしまえば別れはつらくなる。

もう、あんな想いは。

「お待たせ！」

日花のすぐ隣を明るい声を上げながら女子学生が通り過ぎた。つられて顔を上げる。

門から出た彼女はイケメンの彼に駆け寄って、二人は手を繋いで歩き出した。幽霊ではなかったようだ。

ホッとした、そのとき。

「残念やったなぁ、生きとるイケメンで」

すぐ近くから声が聞こえた。随分と懐かしい声だった。

日花は目を見開いて視線を巡らせる。

そしてすぐそばの正門の陰、壁にもたれかかっているスーツ姿の男にようやく気付いた。

狼狽えて、視線をイケメンに戻す。

あっちは生きている。

もう一度視線を戻す。

じゃあ、こっちは。

髪は随分短くなっているが、どこからどう見ても蛍明に見える、こっちは。

「あはは！　めっちゃビビっとる！」

腹を抱えて笑う彼に駆け寄って、その両腕にしがみついた。スーツのサラサラとした生地も、その下の腕も、しっかりとここに存在していて触ることができる。

「うわっ……生きてる……」

「うわってなんやねん、抱きつきに来いや」

「いや、また死にかけて私の所に来たのかと思ったから……」

本気でそう思った。

どうしてわざわざスーツで来るのか。ややこしいことこの上ない。

「何回死にかけとんねん、どんなアホや」

「事故に遭ったことを忘れて体を放り出して記憶喪失のまま兵庫から東京までフラフラ来ちゃって本当に死にかけた人以上のアホなんてこの世にいるの？」

「いーまーせーんー」

バツが悪そうな顔をしながら、蛍明が歩き出す。追いかけてその隣に並んだ。

「感動の再会になる思たのになぁ」

「私の顔見て大笑いしてたのはそっちでしょ。ずっとそこで待ってたの？」

「いや、三十分くらい前に来たとこ。何回か来たらいつか会えるかなって思っとったけど、まさかこんなはよ会えるとは思わんかったわ」

にこりと笑う。それはそれは、運がいいことだ。

「マンションの前で待ってたらよかったのに」

「覚えとることと覚えてないことがあるねん。お前のマンションの場所は思い出されへんかった。覚えとるのはお前のことと、お前の部屋に置いてあった書類で見た大学名と……ピンクのパンツ」

「殴るよ」

「あんときは勝手に見てもた罪悪感で言われへんかったけど、お前クールぶっとるくせに意外と可愛らしい下着つけとるよな。レースとリボンでふりふりの」

「殴る」

「Cカッ」

持っていた鞄を蛍明の尻に叩きつける。わざとらしく「いたーい」と叫ぶ声に、さらにもう一発叩き込む。

「このコッコめ……」

「やめえやお前、そのあだ名やっぱり嫌いなあだ名やったわ。からかわれてキレて相手泣かして、先生にえらい叱られた」

蛍明はそのまま近くの公園に入る。日陰のベンチに腰を下ろし、日花を手招きした。隣には座らずに目の前で立ったまま尋ねる。

「何しに来たの？」

その問いに不服そうに顔を上げて、蛍明は日花の手を取った。

唇を引き結んで、珍しく真面目な顔がじっと日花を見つめる。

「……お前のこと、忘れられへんかったんや。会いたかった」

「ふーん。で、何活しに来たの？」

目を細めて見下ろすと、蛍明はくわっと目を剥いて、掴んでいた日花の手を勢いよく振り解いた。

「お前ほんま腹立つわ！　わかっとんねやったら聞くなや！　就活や就活！」

叫ぶ蛍明に、ふんと笑ってみせる。そうだろうと思った。彼はこの暑いのにきっちりとネクタイを締めて上着まで着込んでいる。面接か何かの帰りなのかもしれない。

日花はようやくその隣に腰を下ろした。

「仕事辞めちゃったの？」

「まーな。入社一ヶ月もせんうちに仕事場で事故って死にかけて一ヶ月近く入院、同期は研修も全部終わらせて仕事にも慣れ始めとるとこで、しかも俺が事故ったから現場の管理やらガッチガチに決まりできて面倒くさなったらしくて、帰ったって居場所なんかないわ」

げっそりとした顔でそう言って、蛍明はネクタイを緩めてジャケットを脱ぐ。そしてベンチの背もたれに上半身を投げ出した。

「新卒カードももうないし、むしろ前の会社即辞めた奴ってレッテル貼られとるし、今必死に就活しとんの」

「東京まで足を伸ばして？」

「そう」

「じゃあもしここで就職が決まったら、いつでも会えるね」

背もたれの向こうにだらりとたれ下げていた腕と頭を起き上がらせて、蛍明が日花を見る。

「嬉しいな」

その顔に微笑みかけると、彼はそれはそれはわかりやすく狼狽えてくれた。みるみる朱に染まった頬を見られないようにか彼は前を向く。

「嘘つけ。何しに来たの、とか言っとったくせに」

嘘なんてついていない。本心だ。

「……まあ、ちょっとまこっちで就活頑張る気やけど、もしあっちで決まったって、別に会ったらええやん……俺、会いに来るし」

「うん。私も会いに行く」

「……あと、お前に会いたかったっていうのも、別に嘘やないから。半分就活のためで、半分お前に会うためやから」

「うん」

「……嘘ついた。九割お前に会うために来た」

「うん。会いに来てくれて嬉しい」

私も会いたかったと言ったら、蛍明はどんな反応をするだろうか。何度も会いに行こうか迷って、しかし彼が体から離れていた間の記憶をすっかりなくして日常生活に戻っていたらと考えると、会いに行く勇気が出なかったと。

じっと見つめると、その視線から逃れるように彼は俯いた。

「……なあ、なんで名前言わんと帰ってもたん？」

地面に向かってぽつりと呟かれる。

「なんで俺置いて帰ってもたん」

「せっかく忘れることができた幽霊だったときの記憶を、思い出させたくなかったから」

顔を上げた蛍明を真正面から見据える。

「つらい記憶だったでしょ？　苦しくて、どうにもできなくて、ただ絶望して。そんなものはあなたに必要ないと思った」

そんなことは忘れ去って、怪我をする前の日常に早く戻ってほしかった。

その選択に今の今まで後悔したことはなかったし、これからもするつもりはないが、
蛍明は顔を歪ませ、日花の肩を掴んだ。

「嫌な記憶思い出すことより、お前のこと忘れるほうが嫌やった……！」

彼の指が肩に食い込む。

「お前のこと覚えてなくても、絶対に大事な人やって、起きた瞬間からわかっとった！　すぐに思い出すから、待って、行くなって、何回も言うたのに……お前、あっさり帰りやがって……！」

「蛍明、痛い……」

肩を掴む手に触れると、彼は「ごめん……！」と慌てたように手を離した。

肩を撫でながら、蛍明の潤んだように光っているこげ茶の瞳を覗き込む。

あっさりなんて帰っていない。あのあとどれほど寂しくて泣いたか教えてやりたい。他にも言ってやりたいことはあったが。

「……蛍明って、思ってたよりも私のこと、す」

崇拝してたんだねと聞こうとした言葉は、蛍明の「わー！」という悲鳴にかき消された。

「ていうか！　俺、お前が帰ってから三十分でお前の名前思い出したから！」

日花を指差して、蛍明は叫んだ。

「お前のその健気な気遣いは三十分でパーや！」

真っ赤な顔で、怒っているような表情で、蛍明はざまあみろとでも言いたげに日花の鼻先に指を突きつけた。ぽかんと見つめて、それから派手に噴き出す。

「三十分……三十分って……」

そのあまりの短さに、耐えられずに腹を抱えて笑う。三十分といえば、日花が病院を出て近くのバス停まで歩き、バスを待っていた頃だ。まだ目と鼻の先にいた。

笑いすぎたのか、それとも別のものなのか、滲んだ涙を指先で拭って、日花は顔を上げた。

「覚えていてくれてありがとう」

「……命の恩人のこと、忘れるわけないやろが」

「勝手に帰って、ごめんね」

「…………別に、謝らしたかったわけやない……」

「ずっと会いたかったよ。今日だって、蛍明のこと思い出してた」

まだ言いたいことはたくさんあったのに、膝の上に置いていた日花の手に蛍明が手を重ねて、言葉が途切れた。

「……お前、蝶子に俺の彼女やって言うたんやろ？」

「……言ったっけ？」

「はぐらかすな。こっちに研修で来とるときに出会って付き合ったって嘘ついたんやろ。あいつそれ信じとって、愛の力で俺が目ぇ覚ましたってマジで思っとる」

「妹さん可愛いね。純粋で」

「……実際どうなん」

「何が？」

わざと問うと、彼は唇を尖らせてもごもごと言う。

「あそこまでしてくれたんは、その、そういうんがちょっとはあったんかなぁーって……」

前を向いて考える。あのとき、蛍明を助けるためだけに知らない土地を奔走していたとき、頭を占めていた感情はどんなものだったか。

「そうだね……幽霊に対する同情九割かな」

その同情の中には様々な感情が入り乱れているが、上手く言葉にはできないだろう。

「……まあそうやと思ったわ」

深いため息をついて蛍明が立ち上がる。

「くそ、真面目に聞かんと、やっぱりからかったったらよかったわ」

ぶつぶつと悔しがる蛍明のあとに続いて立ち上がった。

「残りの一割はなんだと思う？」

尋ねると、彼はぴたりと立ち止まって、肩越しに日花を振り返る。

「……お前のことや。また俺を手のひらでコロコロ弄《もてあそ》ぶ気やろ」

蛍明は不貞腐《ふてくさ》れた顔をまた前方へ向ける。その彼の手を掴んで、日花はぐっと後ろへ引いた。

不意をつかれてよろめいた蛍明が目の前に立つ。触れそうなくらいの距離に驚いたらしい彼が一歩後ろへ下がったが、さらにネクタイを掴んで引き寄せた。

「触れるっていいね」

じっと見上げると、その瞳が左右に揺れる。

「う……ん」

「言葉にする前に止められるから。……そこでひっくり返ってるセミ、まだ生きてるからそばを通ったら暴れだすよって」

「うわっ」

蛍明が飛び退《の》いて日花にしがみつき、その背中に回り込む。

「もう、夏嫌やわぁ……俺、昔森ん中で大量のセミにいっぺんにおしっこかけられたことあって、それからトラウマやねん」

「セミのおしっこって樹液の残りカスだから無害だよ」

「そういう問題やない。あと女がおしっことか言うなよ、興奮するやろ」

思わず胸ぐらを掴み上げてセミに向かって突き飛ばしてやろうかと思ったが、セミが可哀想なのでやめた。

聞かなかったことにして公園の入り口に目をやる。日陰とはいえ、汗が流れるほど暑い。蛍明のワイシャツの袖を掴んで引いた。

「どこか入ろ。かき氷奢《おご》って」

「無職にたかんなや。……ああいや、日花には世話んなったからな、うん。よし、かき氷の十個や二十個奢ったるわ」

その言葉に、満面の笑みで喜んでみせる。

「嬉しい。近くの有名な喫茶店の、フルーツとソースがいっぱいかかってるふわふわのかき氷が食べたいの」

「ええよ。なんや、そういうん好きとか日花も女の子やな。可愛いやん」

かわいこぶって小首を傾げてみせる。

「一つ千二百円」

「全然可愛くない」

「二十個で二万四千円」

「東京怖い……」

「さ、行こっか」

日花は笑ってそう言って、蛍明の手を握り締めたまま歩き出した。

幕間　再会記念パーティ

「わあ」

人がごった返す日曜正午の駅前。待ち合わせ場所に現れた蛍明を見て、日花は思わず声を上げた。

「何？」

「私服だ」

まじまじと彼の姿を眺める。幽霊のときも再会したときも彼はスーツ姿で、私服を見るのは初めてだった。蛍明がモデルのようなポーズを取る。

「どうや」

「え、普通にいいと思うよ」

彼が身に着けているのはオーバーサイズのゆったりとした白いTシャツに、くるぶし丈の黒いチノパンだ。ショルダーバッグもスニーカーも黒で、定番でシンプルで特筆するところはない。

褒めたつもりだったが不十分だったようで、不満そうな顔をした蛍明に「シンプルで好き」と付け足すと、彼は満面の笑みを浮かべた。こういうところが面倒くさくて、そして少しだけ可愛い。

「はよ行こか。保冷剤入れてもらったけど、暑すぎてケーキ溶けてまう」

両手に持った紙袋を持ち上げた蛍明に「うん」と返事をして、歩き出した彼のあとに続いた。

夏休みに入った日花と、東京で本格的に就活をするためにウィークリーマンションを借りた蛍明は、これから日花の部屋で再会記念パーティを開催する予定だった。

再会のお祝いをしようと言い出したのは蛍明で、ケーキを買って料理を作って、日花の部屋でパーティをしようとさらに提案したのは日花だ。蛍明は生身《なまみ》の体で日花の一人暮らしの部屋に入ることを最初は遠慮していたが、結局無理やり押し切った。周りの目を気にせずに話したいことがたくさんあったし、二人きりでしたいこともあった。

最寄りの駅からバスに乗り、そこから日花のマンションへは数分だ。

バスを降りて、彼はマンションを見上げた。

「思い出した？」

「思い出した……ここの十階や」

「正解」

オートロックの入り口を通り抜け、エレベーターに乗り込むと、蛍明がぽつりと言った。

「あの日さ、お前とここの玄関前で別れた日……」

蛍明の顔を見上げる。彼は眉を寄せて、苦しそうに言った。

「俺、エレベーターのボタン押されへんかったやん？　やから階段で十階から一階まで下りてさ……めっちゃしんどかった……」

真剣に聞く話ではなかったなと前を向いて、いやしかし、階段で十階分下りたのはさすがにつらかっただろうとまた見上げる。

「あんな別れ方したから、戻ってエレベーターのボタンだけ押してくれへん？　とか言われへんやん……。お前泣かせてもたショックでそれはもう落ち込みながら、よた階段下りたの今思い出したわ……」

「泣かされてなんてないけどね」

「目真っ赤にしてうるうるしながら俺のこと見上げとったくせに」

聞かなかったことにする。

部屋に着いて扉を開いて、蛍明に先に入るよう促した。

「お邪魔します」

緊張したような声で言う蛍明にふふっと笑って、続いて玄関を潜《くぐ》った。

「わー、めっちゃいい匂いする……」

これも聞かなかったことにして、さっさと手を洗ってキッチンに立つ。

「ケーキ、食後に食べるでしょ？　冷蔵庫に入れておいて」

「オッケー」

時計の針はもう十二時をすっかり過ぎている。鍋を火にかけて皿を選んでいると、冷蔵庫を開けた蛍明が悲鳴のような声を上げた。彼が見つめているのは、日花が作った料理の数々だ。

「これ日花が作ったやつ⁉」

「全部手作りだよ」

高級なものや手間がかかりすぎるものは作ることはできないが、美味しいと自信のある料理を二人では食べきれないほど作ってある。

「これ！　俺がここに初めて来たときにお前が食べとったやつ！」

「よく覚えてるね」

そっと取り出して、蛍明は掲げるように皿を持ち上げた。

「幽霊んときずっと眺めとったやつや……ずっと食べたかった……やっと焦らしプレイが終わる……」

「そのまま全部持ってきて」

「はーい」

温めるものは温めて、皿によそって、ダイニングテーブルに並べていく。日花も酒を二本買っていたが、蛍明も数本買ってきたらしい。その中で一番高かったらしいワインを開けて、ようやく二人は席についた。

蛍明がワイングラスを持ち上げて、日花もそれに倣《なら》う。

「それじゃあ、二人の再会を祝して」

「蛍明の全快を祝して」

「俺の一次面接突破を祝して」

「……他に何かあったっけ？」

「やっと日花の料理を食べられることを祝して」

「乾杯」

グラスを静かに合わせる。

蛍明がごくごくと飲み干して「ぷはーっ」と声に出すので、日花も一気に飲み干して息をついた。

「いただきます」と手を合わせて、それぞれ箸やスプーンを手に取る。何を食べても彼は美味い美味いと褒めてくれるので、早起きして頑張って作った甲斐があったというものだ。

食後のケーキは、蛍明が話題の人気洋菓子店に並んでまで買ってきてくれたもののだった。行列ができるのも納得の美味しさで、今度は一緒に買いに行こうと約束をした。

　ごちそうさまをしたあとは、ソファに移ってテレビもつけずに話をする。

　半月前に再会して二人でかき氷を食べた日も、こうやって何時間も話をした。蛍明が体に戻った日や、それからのこと。答え合わせをするように報告し合った。

　今日も二人の口は止まらない。聞きたいことも、話したいこともたくさんありすぎる。

　彼はどこで生まれてどんなふうに育ち、どうやって生きてきたのか。家族はどんな人なのか。どんな仕事をしたいと考えているのか。趣味は？　好きな食べ物は？　好きな芸能人は？

　結局夕食も一緒に食べて、窓の外が薄暗くなってきた頃に、日花の口数が少なくなる。話すことがなくなったのではなく、普段は無口なのにお喋りをしすぎて喉が痛くなってきたからだ。

　蛍明はまだまだ元気そうだったが、日花の声が掠れていることには気付いたようだった。

「……長居してもたな。俺、そろそろ帰らな」

「まだ帰らないで」

慌てて彼の太ももに触れる。まだ彼をこの部屋に呼んだ理由を話せていない。

蛍明はびくっと体を跳ねさせて、それから日花の指先をそっと摘まんで太ももから下ろした。

「日花……一人暮らしの部屋に男入れてさ、帰らないでとか、そんなこと言われたら、アホな男は勘違いするから、ホンマ気いつけたほうがいい」

「蛍明にしかこんなこと言わない。蛍明は馬鹿じゃないって知ってるし」

信頼していると褒めたつもりだったのに、彼はぐぐっと唇を曲げる。それから「信頼してくれて嬉しいです……」と絞り出した。

「……で、何、まだなんかすんの？」

「うん、あのね、お願いがあって」

ガラスのローテーブルの下に並べてあったものを一つ取り出す。

「蛍明と一緒に……見たいと思って」

そう言って彼の前に差し出したのは、ＤＶＤだ。蛍明が幽霊のときにここで一緒に観た、言わずと知れた日花の推しが出演する、Ｂ級ホラー映画の続編だ。

「帰るわ」

立ち上がろうとした蛍明に縋りつく。

「いや！　幽霊のときに約束したじゃない、続編も一緒に観てくれるって！」

「覚えてないわ」

「私が覚えてるから大丈夫。友達みんなホラー嫌いで、誰も一緒に観てくれないの。蛍明にしかこんなことお願いできないの……！」

彼をソファに押さえつけ、リモコンを手に取る。もうディスクはセットしてあるので、再生ボタンを押すだけだ。

「アホちゃう！　お前の推し、前作でもう死んだやろ！」

「ゾンビとして復活してるから！　五分でまた死ぬらしいけど！」

「お前はそれでええのんか⁉」

彼の肩を強く掴んで揺さぶる。

「ゾンビでも死人でも推しは推し！　イケメンはイケメン！」

「ひい……イケメン絡んだお前怖い……」

ようやく抵抗をやめた蛍明をソファに座らせて、用意していたポップコーンと飲み物を差し出す。そしてホラーが大の苦手な日花は部屋の電気を消して、膝掛けを頭から被って蛍明の隣に座った。

「怖いんやったら電気つけとったらええのに……」

「最高の環境で推しを鑑賞したい」

心底呆れ返った顔の蛍明に見守られながら、ただ推しの顔面だけを心の支えに一時間と少しの虚無を耐えきる。

蛍明はエンドロールの流れきったテレビを消して部屋の電気をつけてから、日花の膝掛けを捲って見下ろした。

「そろそろ帰っていい？」

「怖いからあと二時間はいて」

彼はわざとらしくため息をついた。

「仕方ないなぁ。また映画観たいときは俺が一緒に観たるわ。こんなんに付き合ったるのなんか俺くらいやで」

「一生頼りにしてる」

初めて蛍明がイケメンに見えたかもしれない。

彼はソファにぼふんと座ると、「一生頼りにして」と背もたれに頭を預けて天を仰いでいた。

三章　ペアで行く沖縄旅行二泊三日の旅

ガランガランと大きなベルの音が、真っ昼間のショッピングモールに響き渡る。それはそれは気合の入った大きな音だった。

「特賞出ました！」

そのベルを持つハッピを着た店員が、両腕を振り上げ叫んだ。

「『ペアで行く沖縄旅行二泊三日の旅』です！」

わっと周りから拍手と羨む声が上がる。

その中心にいるのは、抽選器の取っ手を掴んだまま固まっている日花と、その隣で口をぽかんと開けたまま立っている蛍明だった。

二人で流しそうめんをしようとショッピングモールの食品コーナーで買い物をして、そしてもらった抽選券一回分。「お前のほうが絶対当たる」と蛍明に渡されたそのたった一回に日花が挑戦し、そして見事特賞を引き当てた。

あれよあれよと会場の裏に連れて行かれ、手続きやら説明やらをされて旅行券や書類を渡される。

「彼氏さんと楽しんできてくださいね」

店員の言葉に一瞬言い淀んだ日花は、すぐに笑顔を作って礼を言って受け取る。その隣で蛍明も同じようににこりと笑った。

これは大人の対応だ。善意で祝福してくれる人に、わざわざ水を差す必要はない。

その場をあとにして、それから二人で顔を見合わせる。

「どうしよう……」

「どうしよか……」

言葉は続かなかったが、二人の考えていることは同じだろう。

泊まりの旅行、しかも二人きり、だなんて。

日花と蛍明はまだ、付き合ってすらいなかった。


「それで、二人で沖縄に行くことになったの？」

「うん、今のところは」

大学の帰り、久しぶりに会った友人に事の顛末《てんまつ》を説明すると、彼女はそれはもう満面の笑みを日花へ向けた。

「これでやっと関係が進むんじゃないの？　さすがの蛍明くんとやらも、泊まりの旅行についてきた女なら遠慮なく手を出すでしょ」

「どうだろう。今までもお酒を飲んで寝落ちした蛍明がうちに泊まったことが二回あったけど、どっちもなんにもなかったし」

「それはもう日花から押し倒してもいいと思う」

なんとも言えない顔で友人を見上げるが、彼女はふふんと鼻を鳴らした。

「嬉しいんでしょ？　一緒に旅行に行けるの」

「それは……」

嬉しいか嬉しくないかと問われたら、それはもちろん、嬉しい。

蛍明といると落ち着く。気負わなくてもいい。

だって彼は、幽霊が見えるという日花の秘密を、家族以外で知っているたった一人の人だからだ。そしてその幽霊の存在を疑ったりもしない。

何しろ彼は、元幽霊だからだ。

去年の春に事故に遭い意識不明の重体に陥り、幽霊——というよりは生き霊のようなものになった彼を助け、そして夏に再会してからもう一年。

無事に東京で就職した蛍明とは、暇があれば一緒に出かけたり互いの家を行き来したりしている。最近では家族や友人よりも長い時間を一緒に過ごしている彼のそばは、純粋に居心地がよかった。

「好きなんでしょ？　蛍明くんのことが」

友人の顔を見て、目を伏せる。これまで何度か同じ質問をされては曖昧な返事をしていたが、今回ばかりはもう誤魔化せそうもなかった。

「……好き」

なんとなく唇を尖らせたままぼそぼそと呟くと、目の前から盛大なため息が聞こえた。

「やっと認めた……やっと認めたな……一年かかった」

別に一年前から好きだったわけではない。ただ全く好意がなかったというわけでもなくて。頭の中で言い訳がましく考えたが、それを上手く言葉にできそうにもない。日花はずずずと音を立てて、目の前のアイスコーヒーを飲み干して口を開いた。

「でも、あっちがあんまり旅行に乗り気じゃない」

「そりゃあそれだけ一緒にいるのに一年も手を出してこない奥手な男なんだから、付き合ってもないのに旅行だなんて、とか紳士だか童貞だかみたいなこと思ってるんじゃないの？」

黙ったままお冷やを引き寄せて、口をつける。

蛍明からの好意は感じていた。視線や、こちらに触れようか迷う指先からひしひしと。自惚《うぬぼ》れ、ではないと思う。それなのに、人懐こくあっという間に懐《ふところ》に入り込んでくる彼が、どうしてこれ以上踏み込んでこないのかはわからない。

幽霊が見えるというこの体質が彼を踏み止《とど》まらせているのかもしれないと思うと、

日花も今一歩、彼のほうへ歩み寄れないでいた。

「その蛍明くんにはさ、誰か他の女がいるわけじゃないんでしょ？」

「いない、と思う。休みの日はずっと私と一緒にいるし」

「逆玉の輿狙いでもないんでしょ？」

「違う。絶対私にお金出させない」

「日花ってイケメン好きだけどさ、そんなにヤバい顔なの？」

「そんなことない。普通」

「なにか気になるところがあるの？　いい歳して夢追いかけてるフリーターだとか、金遣いが荒いとか、私服が壊滅的だとか、女装癖があるとか」

ううんと首を横に振る。仕事は誰でも一度は聞いたことがある大手企業で正社員をしているし、金遣いも使うところでは使うがその他は堅実だと思う。私服はシンプルながらも決してセンスは悪くないし、大掃除を手伝うために彼のワンルームをひっくり返したことがあるが、女物の服は見当たらなかったので女装癖はないだろう、多分。

それ以外にも、蛍明には何も不満はない。

「そういうのはない、けど」

煮えきらない日花の返事に、友人は眉を寄せてテーブルに肘をつき、覗き込むように日花を見た。

「日花が何を心配してるのかわからないし、言いたくないのなら聞かないけどさぁ、好きなんでしょ？　あんまりそうやって煮えきらない態度とってたら、あっちだって諦めて離れていっちゃうよ。て言うか一年もそんな態度とってて、離れていってないのが不思議なくらい」

ぎくりと体が強張る。

「傍から見たらさ、蛍明くんって完全に日花にいいように使われてるだけじゃん。彼女じゃないのに色んな所連れて行ってくれたり毎回奢ってくれる。こんな都合のいい男いないよ。ただの男友達、って範疇を超えてる」

確かにそうだ。納得しながら、ショックを受ける。

幽霊だった蛍明を助けるために使った、新幹線代諸々《もろもろ》数万円。それを生活費から出したという事実は、彼には黙っているつもりでいた。しかし奨学金の話題が出たときに勘付かれ無理やり洗いざらい吐かされ、その事実にひどいショックを受けた彼が日花に奢り尽くすのは、罪滅ぼしのつもりらしい。もう既にかかった費用分は奢ってもらったが、蛍明はまだまだ止まらない。

もちろん日花も奢られっ放しというわけではない。蛍明の部屋に遊びに行くときは、食材を買い込んで夕飯を作ったりしていた。それでも、その何倍ものお金を蛍明は日花にかけていた。

この関係を、彼はどう思っているのだろう。

「そんなふうに思われるのは嫌でしょ？　これはチャンスだよ。蛍明くんが本当に日花に気があるのならこれを機にあっちから仕掛けてくるかもしれないし、あっちが奥手なら日花から迫るチャンスだ。全力でいけ！」

友人がシフォンケーキをひとくちすくい、クリームをたっぷりのせて日花へ突き出す。

それをじっと見つめる。

彼女の言うとおりだ。この旅行は、いつまでも続けるわけにはいかないこの曖昧な関係に、白黒ハッキリつけるチャンスかもしれない。

「お土産話《みやげばなし》、楽しみにしてるからね」

「……わかった」

呟いて、日花はシフォンケーキをぱくりと食べた。

喫茶店を出て、バイトに向かう友人と別れる。

日花はこれから蛍明と会う約束をしていた。今日は早めに仕事が終わるらしい。外で落ち合ってから彼の家に向かう。

そして旅行が当たったことにすっかり動揺して外食してしまったせいで、食べそこねていたそうめんを今日こそ食べる予定だった。

合流する前に書店に寄る。買ったのは、推し俳優が出演している新作映画が特集されている雑誌二冊と、あとは旅行雑誌だ。

これを一緒に見ながら、どれだけ旅行を楽しみにしているか伝えよう。

もしこの想いが——幽霊が見えるというこんな特異体質が、最終的に蛍明に受け入れられなかったときには、この旅行はきっといい思い出になってくれる。

「日花！」

聞き慣れた明るい声に顔を上げる。こちらに駆け寄りながらぶんぶんと手を振っているのは、蛍明だ。笑顔を返して近付いて、日焼けした顔を見上げる。

「ごめん遅なって。暑かったやろ」

「ううん、ついさっきまでそこの本屋さんで涼んでたから大丈夫」

「そう、よかった」

満面の笑みを見ながら、自分が少し緊張しているのがわかる。別に今日どうこうするわけではないのにと、日花は視線を進行方向へ逃がした。

「行こうか」

「おう」

十五分ほど歩いて、着いたのはもう何度も来たことのある蛍明のマンションだ。そのワンルームの片隅に、自己主張の激しい大きな箱が置いてあった。
いる。
最新式らしい流しそうめんの器具だ。ウォータースライダーのような見た目をして
「すごいね、大きいのが当たったんだ」
「せやろ、二等やで」
「持って帰ってくるの大変だったでしょ」
「うん……当たったときは嬉しかったけど、帰りの新幹線でこれ抱えて真顔になった
わ」
ふふと笑う。社員旅行のビンゴで当てたそうだ。
日花がそうめんを茹でて具と薬味の準備をしている間、蛍明はそれを洗って組み立
ててくれるらしい。部屋着に着替えた蛍明と二人、キッチンに並んで立つ。
「ホンマにさぁ、お前とおるようになってからめっちゃクジ運ようなったんよ。今ま
でビンゴとか当たったことなかったし、クジとかも絶対べべやったし。お前の運吸い
取ってもてないか心配やわ」
「吸い取られてたら沖縄旅行当ててないよ」
「それもそやな」
洗い終わったパーツを布巾で拭きながら、蛍明は背後の座卓へ移動する。

そうめんを食べながら旅行の話をしよう。食べ終わったら買った旅行雑誌を一緒に見よう。

沖縄へは家族旅行で一度行ったことがあるが、幼かったのであまり記憶はない。定番の観光地は行きたいし、せっかくだから海でも泳ぎたい。水着も買わなければ。

考えれば考えるほど楽しみになってきて、ついつい口元が緩む。頬を何度か揉んでいつもの無表情を取り戻して、何食わぬ顔で蛍明を振り返った。

「用意できたよ」

「マジか……ちょっと待ってな……これ難しい……」

パーツを両手に持ち唸る蛍明に近付く。ミニウォータースライダーこと流しそうめんの建設は半分ほど終わっているが、どことなくぐらついているような気がする。

「仕事でも似たようなことしてるんじゃないの？」

「俺は設計。ていうか現場の人も全然関係ないって言うと思う」

「これ、方向があるんじゃない？」

余っているパーツをくるくると回して確認しながら呟く。裏に何か意味深な矢印もある。蛍明はそれと説明書を見比べながら「……ほんまや、お前天才やな」と呟いた。

それからはあっという間に組み終わった装置にそうめんを流してみる。

二人ではしゃぎながら流して食べていたが、結局後半は面倒くさくなって、下のほうの取りそこねたそうめんが貯まる場所にどっさりそうめんと氷を入れて、すくって食べた。一応その中でぐるぐる流れているので流しそうめんだ。

「胡麻《ごま》ダレも美味いなぁ」

「タレ、二種類あったら飽きなくていいね」

「せやな」

「今度はちょっと辛《から》いのも作ってみようか」

「ええな。まだ茹でてないやつ余っとるし、またやろか」

「次はこの下の部分だけでいいね」

「ほんまに」

笑う蛍明の顔をちらりと見る。

彼はいつもどおりよく食べるし、にこにこ笑っている。でも何か違和感がある。どこか、元気がない。

仕事がなかなか忙しいと言っていたし、疲れているのかもしれない。余り長居はしないようにしなければ。時計を見て、それから蛍明に視線を戻すと目が合った。

「なあ……日花」

聞こえてきたのは、今日一番元気のない声だった。

「沖縄旅行の話やけど」

心臓がびくっと跳ねて、それを悟られないよう、なんでもないふりをして小首を傾げる。

対して蛍明は、少し気まずそうに視線を下げた。

「行く日付、元々すごい選択肢少ないやん？　そのどれも仕事忙しい日ばっかりでさ。俺、三日連続して休み取れそうにないねん」

彼が何を言おうとしているのか想像できてしまって目を見開く。俯いている蛍明はそれに気付かない。

「やから、旅行券お前にやるから、友達とかと行っておいで」

持ち上げたそうめんが箸からするりと器に落ちた。何も言えなくなって、ちらりと顔を上げた蛍明がこの顔を見て狼狽える。

突き放されたような気分だった。楽しみにしていた分、その落差が激しい。

「……どうしても、休み取れない……？」

箸を置いて、膝の上でぎゅっと両手を握る。

「私、蛍明と一緒に行きたかった」

呟いて、すぐに我に返った。額を押さえて頭《かぶり》を振る。何を言っているんだと自分に呆れた。

「ごめん、仕事なら仕方ないね。わがまま言った」

もう一度箸を持ち上げて、めんつゆに浸かった残り少ないそうめんを見つめる。

「元々は蛍明の抽選券だったたし、蛍明が誰か……ご両親にプレゼントしたらいいよ。きっと喜んで――」

「いや。やっぱり、なんとかして休み取る」

その言葉に驚いて顔を上げる。蛍明は唇を引き結んで、じっと日花を見つめていた。

「一緒に行こ」

もちろん、一緒に行けるのなら嬉しい、が。

「無理してない？」

「大丈夫」

「絶対無理してる。蛍明、私のわがままに付き合わなくていいから。お願いだから、無理しないで」

「お前のわがままに付き合っとるんちゃう。俺がお前と行きたいねん」

流しそうめんのスイッチを蛍明が切る。モーター音が消えて、テレビも付いていない部屋に静寂が落ちた。そのおかげで、横を向いてぼそぼそと呟く蛍明の声もなんとか聞き取ることができた。

「俺やって、お前と行きたかってん……お前がそんなん言ってくれるんやったら、どうやったって一緒に行きたくなるに決まっとるやん」

ぎゅっと、心臓が縮んだのがわかった。おそらく今のはときめきだ。何も言えずにその横顔を見つめる。

今日、今、旅行に行く前に二人の関係をはっきりさせたらどうなるだろう。想いを伝えて、話し合って、上手くいったら——。

「日花」

名を呼ぶ声に、いつの間にか下がっていた視線を上げた。

蛍明は真面目な顔で日花を見つめている。強く引き結んでいた唇を緩めて、そして少し震わせながら開いて。

「日花、俺」

心臓が強く跳ねて、一瞬時が止まったようだった。

スカートをぎゅっと握り締めて言葉の続きを待ったのに、「俺」のあとに続いたのは、蛍明の声ではなく彼のスマートフォンの着信音だった。少し離れた地面に置いてあるそれを、蛍明がスライディングで鷲掴みにして、叫ぶ。

「誰やアホォ‼　空気読めやボケェ‼」

そしてディスプレイを見て一気に脱力したようだった。一度地面に顔を伏せて、それから力なく日花を見上げた。

「ごめん、会社から……ちょっと出るわ……」

「うん」

彼が耳にスマートフォンを当て、日花はようやく強張っていた体から力を抜いた。あの雰囲気に、あの蛍明の表情。俺、のあとに続く言葉を想像できないほど鈍感ではない。

ホッとしたような、いや、やっぱり残念だった。いやでもやっぱり、怖い。

「……はい……はい、……えっ、それまずくないですか？」

電話の向こうから大声で謝り倒す声が日花にも聞こえる。あまりいい内容の電話ではないようだ。眉間に深いしわを寄せた蛍明は、仕事用の手帳を引っ張り出してきて長い間問題の解決策を話し合っていたようだが、いい案は出ないようだ。

日花は残っていたそうめんをそれぞれの皿に分けきって、小さなウォータースライダーは解体して洗ってから、静かに電話が終わるのを待つ。

がしがしと頭を掻いた蛍明が、ふと日花の顔を見る。目が合って、そして何を思いついたのか、彼はニヤッと笑ってみせた。また視線を手帳に戻す。

「わかりました。じゃあそれ、手伝わせてもらいます。……その代わり、お願いがあるんですよ。俺、沖縄旅行が当たったって言ってたじゃないですか？　それ来月の上旬予定なんで、そのあたりで三日間休み取るの協力してもらえませんか？」

相手の声はよく聞こえなかったが、蛍明の表情から同意するような返事をもらえたらしい。短くやり取りをしてから、蛍明は電話を切って深く息をついた。

「ごめん日花、今から仕事」

「今から？」

さらに忙しくなるのだろうと予想していたが、さすがに今からだとは思わなかった。

「先輩がどえらいミスして、徹夜でその尻拭い。その代わりに旅行の休み取るの協力してくれるらしいから」

残りのそうめんを一気にすすって、蛍明は「ご馳走さま」と両手を合わせて立ち上がった。

「お前送っていってからそのまま会社戻るわ」

送っていくという言葉に迷ったが、日花のマンションへはそれほど逸れずに行けるはずだ。素直に甘えることにした。断ってもきっと聞かないだろう。

「わかった。片付けておくから、その間に準備して」

「ありがと、頼むわ」

着替えを持った蛍明を脱衣所に見送り、手早く片付けを始める。

もう彼はあの言葉の続きを言うつもりはないらしい。やはり気持ちを伝え合うのは、旅行に持ち越しかもしれない。

リゾートの雰囲気にやられて口が軽くなるだろう。その後の話し合い、本当にこんな体質の女と付き合えるのかという話は、きちんと雰囲気に流されないようにしなければ。

　洗い終わった皿を水切りかごに入れて振り返る。泊まりの荷物を詰め込んだ鞄を蛍明が持ち上げたのは同時だった。

「行こうか」

「オッケー、行こか」

　彼の仕事の愚痴《ぐち》を聞きながら部屋を出て、近くのバス停へと向かう。

　蛍明のマンションから日花のマンションまではバスですぐだ。一度二人で降りて、それから彼は駅に向かうバスに乗り換える。

「送ってくれてありがとう」

「いや。ごめんな、慌ただしくて」

　首を横に振る。その拍子に鞄の中で書店のビニール袋がカサリと鳴って、ようやくその存在を思い出した。

「そうだ、蛍明」

　ビニール袋から本を取り出す。しかしそれは旅行雑誌ではなく映画の情報誌で、表紙を飾る海外俳優に日花が熱狂していることを知っている蛍明は目を細めてみせた。

「違う、これじゃない」

改めてもう一冊取り出すが、それも同じ俳優のイケメンすぎるドアップだ。

「はー……やば……イケメンすぎ……」

「なんやねん、お前の好きなイケメンばっかりやん」

ぶうたれた声色に我に返った。いそいそとそれを鞄にしまい、最後の一冊を取り出し、「これ！」と蛍明の眼前に突き出す。

「これ、買ったの。また一緒に見よう」

自分ばかり旅行にはしゃいでいるようで気恥ずかしくて、なんとなく雑誌に顔を半分隠す。

「旅行楽しみにしてる。でも、無理はしないでね」

ぱちぱちと真ん丸の目を何度か瞬《またた》いて、それから蛍明は満面の笑みを浮かべた。

いつも触れそうで触れない手が、今日は一瞬だけ日花の頭に触れてすぐに離れた。

「うん、わかった」

彼の背後にバスが停まる。いつも数分遅れてくるバスが、今日に限って時間通りに来たことが少し恨めしい。

「また連絡するわ。行きたい所、目星つけといて」

「わかった。気を付けてね」

手を振ってバスに乗り込んだ蛍明は、日花が見える場所に座る。

窓の向こうで手を振る彼に手を振り返して、出発したバスが曲がって見えなくなるまで、日花は雑誌を胸に抱き締めたまま彼を見送った。

それはもう忙しそうな蛍明の仕事の合間を縫って予定を立てて、なんとか沖縄旅行は決行になった。

件《くだん》の先輩のミスを全力で挽回したらしい蛍明は、全力で休暇取りに協力してもらったらしい。旅行の三日間とさらに次の日、計四日間の休みを見事にもぎ取った。

そうは言っても、旅行前日でさえ終電で帰ってきた彼は荷造りすらままならない状態で、当日早朝に蛍明宅を訪れた日花が彼に代わって着替えなどをスーツケースに詰め込んだくらいだ。そのあと蛍明を叩き起こしてシャワーを浴びさせてご飯を食べさせて、荷物の最終確認をしてから二人でマンションを飛び出した。

バスと電車を乗り継いで空港に着いて、飛行機に乗るや否や蛍明は電源が落ちたように眠ってしまったが、着陸の衝撃で目を覚ました彼は、窓の外を見てテンションを最高潮まで上げた。

今からでも借りることのできる観光タクシーを探そうかという日花の提案にも、彼は真夏の沖縄の太陽にも負けないくらいの笑顔で首を横に振る。

無理はしないと約束をさせて予定通りレンタカーを借りて、そしてすぐに向かったのは海だ。

泳ぐのは午後からで、まずは船釣りをしてみたいという蛍明の希望を叶えるために船に乗る。

「じゃあ着替えたらここ集合な」

「うん」

ビーチ備え付けの更衣室の前で蛍明と別れて、日花は化粧室で普段はあまり結ばない髪を結い上げる。そして気合を入れて水着を取り出した。

この日のために友人と水着売り場を何軒も回って、露出の高いものを買わせようとする友人に押し切られ、黒いビキニタイプの、その中でもできるだけ露出の少ない流《は》行《や》りのひらひらふわふわしたものを買った。

レースの布が胸元を覆っているが谷間はちらりと見えて、胸元にボリュームがあるデザインのおかげでウエストが細く見える。下はショーツ型の水着の上から穿く同じ素材の短パンがついていて、今はそれを穿いているが泳ぐときには脱いでもいい。

普段ならきっと買わないだろうタイプの水着だ。

ただ、船に乗るので今は上からゆったりとしたパーカーを羽織って、ジッパーを首までしっかり上げた。

やはり先に待ち合わせ場所に着いていたのは蛍明だ。彼は遅れて現れた日花の姿を上から下まで見て、そして拳を握り締めて叫んだ。

「なんでパーカー着とんねん、脱げよ！」

「泳ぐときは脱ぐよ。船の上は日差しがすごいから、長袖着てたほうがいいって書いてあったでしょ？」

「今！　今だけ！　ちょっとだけ！」

日花はわざとらしく彼の姿を上から下まで眺める。

自分だって水着の他に上半身にはラッシュガードを着て、さらにレギンスまで穿いている完全防備のくせにだ。

「女子の水着姿見てキャーキャー言うんは、海に来たときの醍醐味やろが！」

「潔くて感心する」

「褒めんでええから脱いで」

「全く褒めてないよ」

息をついてパーカーのジッパーに手をやる。

特に水着姿になることには抵抗はなかったはずだ。デザインに助けられているのもあるが、今日のためにウエストも少し絞った。

それなのにこうやって期待を込めた目でまじまじと見つめられたら、さすがに恥ずかしさが込み上げる。

しかしこれで照れていたら蛍明の思う壺だろう。なんともない顔を作ってジッパーを下ろして、勢いよく脱ぎ去ってみせた。

蛍明なら歓声くらい上げてくれるかと思ったが。

彼は何度か視線を上下させて、ぐっと唇を噛み締めて声を絞り出しただけだった。

「……ええと思う」

「キャーキャー言ってくれないの？」

「いや……」

口元を手で覆い隠す彼は、本気で照れているようだった。無理やり脱がされたのはこっちだ。照れたいのもこっちだ。

「想像しとったより殺傷力が高くて……」

「それって褒めてるの？」

「褒めとる」

「もっとわかりやすく褒めて」

「最高に可愛いです」

最高の褒め言葉ににっこり笑って「ありがとう」と礼を言って、パーカーをもう一度着込む。脱いだ甲斐があったというものだ。

対して蛍明はまだ照れが収まらないようで、見上げるとその目が挙動不審に右往左往した。

「あ！　予約の時間ヤバいで、行こ！」

パチンと手を打って、彼は振り返って小走りに駆け出す。完全に話を逸らされた。

時間はまだ少し余裕がある。

ビーチを通り過ぎた向こうにある小さな港には、ツアー用の船がいくつも停まっている。その中の予約をしていた船に、二人は一番に乗り込んだ。

さすが初心者に優しいツアーだ。何から何まで用意してもらい手取り足取り教えてもらい、さらに船長が驚くくらい今日はよく釣れる運のいい日らしい。

沖に出て二十分ほど、三匹釣って満足した日花は、蛍明を撮影することに専念する。

「日花見て！　めっちゃヤバい色のやつ釣れた！」

食べられるのか不安になるくらい青い魚を掲げる蛍明を写真に収める。

早々にコツを掴んだ彼は、あっという間に用意されていたボックスを満杯にするほど釣り上げた。

「めっちゃ楽しい……俺才能あるんちゃうこれ……東京帰っても釣りやってみよ」

「……あれみたい。初めて行ったパチンコで大当たり出して、その快感が忘れられなくてパチンコ中毒になる人」

「例えが悪いわ」

少し風が出始めて、波が高くなる前に港に戻り魚を受け取る。近くの食堂に持っていくと捌《さば》いて調理してくれるらしい。

刺し身や天ぷらにしてもらったものを二人でお腹いっぱい食べて、浜辺で休憩してから二人で海に飛び込む。浅瀬でシュノーケリングの体験をして、そのあとはビーチで遊んで。

泳ぎ疲れたら海から上がって着替えて、今日最後のイベントは、日花が待ちに待った買い物だ。

「アクセサリーが欲しいの。沖縄っぽくて夏っぽいの」

複合リゾート施設の店がずらりと立ち並ぶエリアを、マップを見ながら気合を入れて見て回る。あとは沖縄っぽい何か身につけるものや、せっかくだからシーサーの置き物も欲しい。

ぐるりと広大なエリアを回って、自分のものはもちろん、友人に頼まれた沖縄限定のコスメやグッズも順調に見つけた。蛍明も実家や友人、職場用のお土産をほとんど買い終えたようだった。これで明日は遊ぶことに集中できるだろう。

そろそろ帰ろうかと話をしながら歩いていると、まだ見ていないアクセサリー店を見つけた。

そしてそこで、日花は運命の出会いを果たした。

雫形の陶器でできたピアスだ。

沖縄の焼き物独特の模様が描かれており、二色あってどちらか選べないほど可愛い。が、二つ買うには値段が少々可愛くない。

「どっちにしよう……」

「どっちも買ったろか？」

「またそういうこと言う」

蛍明の奢り癖が始まった。ため息混じりに見上げると、彼は肩を竦めて拗ねたように言う。

「ええやん。お前のおかげでただで旅行来れとんねんから、これくらい奢ったるのに」

「蛍明の抽選券だったでしょ。二人のおかげ。どっちが似合う？」

二つを耳の前にかざして見せる。彼は顎に手を当て考えて、深刻そうに呟いた。

「どっちも可愛い」

「もー」

参考にならない意見を流して、迷いに迷って結局どんな服にでも合う無難なほうの色を選んだ。

他にもお土産を買い込んで、楽しかった一日はあっという間に終わってしまった。

夕食をとった二人がようやく宿泊先のリゾートホテルに着いたのは、十九時を過ぎた頃だった。

「あぁ疲れた！」

ホテルの部屋の扉を閉めてオートロックがかかっているかを確認して、蛍明が本当に疲れているのか疑いたくなるような元気な声で叫ぶ。

しかしその内容には概《おおむ》ね同意だ。もう体はくたくただった。

玄関ホールで室内履きに履き替えて部屋への扉を開いて、そして次の瞬間、二人はその疲れを一気に吹き飛ばした。

「めっちゃ広いな！」

「すごい……！」

三十帖ほどの空間に、南国風のソファやチェスト、ドレッサーなどが品よく置いてあり、天井ではシーリングファンがゆったりと回っている。部屋の奥は天井から吊るされた天蓋に仕切られ、その下に大きなベッドが二つ並んでいた。

二人で泊まるには広すぎるくらいの豪華な部屋だった。

「蛍明、窓の外見て！　全面海だ！」

思わずはしゃいだ声を上げて窓に駆け寄って、それからその幼稚な態度を少し恥ずかしく思ったが。

「ほんまや！　すっごい！　真っ暗なる前に写真撮ろ写真！」

日花の十倍ほどはしゃいだ蛍明にスマートフォンを向けられ、もう気にしないことにした。

一緒に写真を撮ってそれぞれ風景を撮って、ようやく落ち着いて少しの間ぼんやりとそれを眺める。夕日はすっかり沈んでいたが、水平線にはまだオレンジ色が残っていた。

「きれいだね」

「……きれいやな」

視線を感じて蛍明を見る。目が合って、彼は少し狼狽えたのを誤魔化すように笑った。

「お前、ちょっと焼けたな」

「ほんとに？　気を付けてたのに」

頬を両手で押さえる。確かにほんの少し熱いかもしれない。

「鼻のてっぺん赤いし」

視界の端で、蛍明が手を持ち上げる。鼻に触るのだろうかと待ったが、ふらふらと宙を彷徨った手は、また彼の体のそばへと戻っていった。

「荷物、玄関に置きっぱなしや」

大きな動作で視線を外して、彼は玄関へ向かう。その姿が扉の向こうに消えて、日花は体から力を抜いた。急に緊張してきたような気がする。

楽しさのあまりすっかり頭の片隅に追いやられていたが、今から明日の朝まで二人きりだ。それも今までとは違う、素面《しらふ》のままで。

もう一度窓の外に目をやる。できれば想いを伝えるのは明日の夜にしたい。もしだめだったときに、明日一日気まずく過ごすのは嫌だ。

もし、だめだったとき。

その言葉に心臓がずしりと重くなる。

だってこの体質は、何も見えない人に負担を強いるものだ。

蛍明を好きになり、離れたくないと強く願うようになって、ようやく理解することができた。同じく幽霊の見える母親が、結婚を経て長男である兄を妊娠したあたりで、幽霊に関わることを一切やめる決意をした理由を、だ。

自分だけの問題ではなくなるからだ。

ずっとそばにいたい人ができて、守らなければならない人が増えて、赤の他人である幽霊にかける時間がなくなってしまう。自らの身を危険に晒してまで、幽霊に関わることができなくなるのだ。

母親と同じ決意を、日花は今はまだきっとできない。蛍明のそばにいたいという自分のために、ひとりぼっちで彷徨う彼らを見捨てることは。

そしてもう一つ、最大の懸念は、これが遺伝する体質だという事実だ。

もし蛍明が、彼との時間を削ってまで幽霊に関わることを嫌がったとき。そして遺伝する体質だということを受け入れられなかったとき。

そのときはもうこんなふうに、二人で出かけることはできなくなってしまうのだろうか。

今日一日、とても楽しかった。彼のそばはやっぱり居心地がよくて、こんなにも満たされる。

もしだめだったとき、その全てを失ってしまうのだろうか。

ぎゅっと唇を引き結ぶ。彼に何も言わずに好きだと伝えたらどうなるだろう。考える間も与えずに押し倒して、有無を言わせずにそういう関係になってしまえば。

次々現れる負担を前にして、蛍明は日花のそばにいることを後悔するのだろうか。

「……だめだ」

頭を振って、日花は顔を上げる。

こんなふうに彼の気持ちをいくら想像したって、正解など出るわけがない。

お互いの気持ちを曝け出して、話し合うしかない。うんうんと自分を納得させるように頷く。一度悩みを頭から追い出そう。

そして、荷物を取りに行くために振り返ろうとした。

そのときだった。

「っ……！」

日花は喉の奥で悲鳴を上げ、体を凍り付かせる。

ベランダへ出る大きな掃き出し窓の前、ちょうどソファの後ろで死角になっていた場所だ。

そこで、小さな子供が膝を抱いて座っていることに、日花はそのとき初めて気付いた。

数歩ふらりと後退《あとずさ》った日花に気付かなかったらしいその少女は、ちらりとも視線を寄越さずぼんやりと窓の外を眺めている。

「日花、ソファんとこ置いとくで」

その声にハッと顔を上げる。

二人分の荷物を持って戻ってきた蛍明が、少女の近くにどさりと荷物を下ろした。

彼女はそれに驚いたように体を震わせて、怯えた顔で小さく体を縮める。蛍明はそれを気にした様子はない。やはり、見えていないようだ。

彼女は、幽霊だ。

蛍明を見て、しかし口をつぐむ。

言えるわけがない。もしすぐに成仏させてあげられなければ、二晩一緒に過ごすことになる。

蛍明の前ではまだ、幽霊と関わったことはない。

人前では絶対に関わらないと決めていたし、彼は知る必要がない。ここに、一人きりで誰にも気付いてもらえない哀れな少女の幽霊がいる、そんな悲しい話を彼は知らなくていいのだ。

唇を噛んで、もう一度少女の横顔を盗み見る。歳はおそらく十歳くらい、小学校高学年くらいだろうか。

その寂しそうな顔に、胸が締め付けられる。子供の幽霊に会うことはほとんどない。これまでの人生の中で片手で数えられるほどだ。なので、余計に——。

「日花？」

名を呼ばれ、日花は体を震わせて視線を上げた。目の前に蛍明の顔があった。

「どしたん？」

「え、ううん、なんでもない。荷物ありがとう」

「うん」と返事をして離れようとした蛍明が、動きを止めてからもう一度訝しげに日花の顔を覗き込む。

「……ほんま大丈夫？　なんか顔色悪い気いするけど……」

「なんともないよ。……はしゃぎすぎてちょっと疲れたのはあるけど」

心配をかけないように、わざとおどけたように言う。蛍明は声を出して笑った。

「お前にしては珍しくめっちゃ騒いどったもんな」

「珍しかった？」

「推しがおらんときにあんなけ騒ぐんは珍しいわ」

蛍明には何度か、一緒に参加した推しの試写会やイベントで絶叫する姿を見られている。

でも今日はさすがに絶叫はしていない。

「推しの映画観とるときと同じくらい楽しかった？」

「もっとずっと楽しかったよ」

そもそも比べるものではないが、どちらかと聞かれればそうだ。

「え……じゃあ、推しの来日イベントとどっちが楽しい？」

それは少し悩む。いや、僅差《きんさ》で。

「蛍明との旅行のほうが楽しい」

「……そーか」

呟いて、蛍明はそっぽを向く。少し間があったことを怒ったのかと思ったが、その頬はほんのり赤い。顔を隠すように彼が頬を掻く。

唐突に心臓が高鳴って、息が詰まった。その原因は愛しさだ。

体の奥底から衝動が沸き起こる。その頬に触りたい。その熱いであろう頬に。

大きく息を吸って、乱れそうな呼吸を意識的に整える。

ちらりとソファの向こうの少女に視線をやる。

それはそれは残酷なことを考えてしまった。

――気付かなかったことにしたら。見なかったことにしたら。ここに、幽霊の少女なんていないことにしたら、どうなるだろう。

そんなことが自分にできるのだろうか。

視線を蛍明に戻す。真正面から目が合って、唇が強張る。

目が合ったからではない。彼の手がそっと頬に触れたからだ。

少し震えた指が、つつと熱い皮膚を撫でる。ずっと、今まで触るのを躊躇っていた手が、初めて顔に触れた。

蛍明はきっと、決死の覚悟で日花に触れた。

がちがちに強張っていた彼の唇が、そろりと開く。

「あのさ」

この顔を知っている。

「日花……俺」

そしてこの言葉のあとに続くものも。

だめだ。

やっぱりだめだ。

他人が、子供が見ている。聞いている。

そう考えたのと同時に、日花は蛍明の手を強く振り払っていた。

肌を打つ音が響いて、はっと我に返る。振り払われたまま固まっている蛍明の手を見て、日花は呆然と彼の顔を見上げた。

「ご、めん……びっくりして」

硬直していた顔は、その言葉に弱々しい笑顔を作った。

「ううん、俺こそごめん。……荷物広げよか」

逃げるように踵を返してスーツケースに向かった彼を慌てて追いかける。

「蛍明、あの」

振り払ったのは嫌だったからじゃない。でもじゃあどうしてかと聞かれたら、今ここでは話せない。

真っ白な頭は上手く言葉を紡げずに、何度か唇を開いては閉じる。

「日花」

名を呼ばれ、びくりと体を震わせる。彼はスーツケースに視線を落としたままだ。

「先に風呂入っておいで。お前のほうが風呂入ったあと髪乾かしたりとか色々時間かかるやろ」

「うん、でも……」

この部屋には、海を見ながら入ることのできるジャグジーが備え付けられている。彼はそれを楽しみにしていたはずだ。

「ジャグジーはどうする？」

「うーん……俺も疲れたし、今日はさっとシャワー浴びてもう寝よ」

「あ……でも」

準備は私がするからと言おうとして、彼に近付く。その肩に触れようとしたが、手は空を切った。

「洗面所どこかな」

立ち上がった蛍明は、日花を見もせずにふらりと部屋の奥の扉に向かった。

今、おそらく、わざと避けられた。

いや違う。避けられたのではなく、彼は触れられることを拒絶した日花に気を遣って、きっとわざと距離をとった。

洗面所の扉の向こうに蛍明の背中が消える。

一人きりで大きな部屋に取り残され、なんだか目眩《めまい》がするような気がした。どうしてこんなことになってしまったのか。

幽霊の小さな背中に視線をやる。

どうして、よりによってこんな所にいるのか。他にもたくさん部屋はあるのに、どうして。

一瞬頭に浮かんだのは苛立《いらだ》ちで、そしてすぐにそれを覆い隠すくらいの罪悪感に、日花は横っ面を殴られた。

今、いったい何を考えたんだと顔を覆う。

幽霊は好き好んで幽霊になるわけではない。ましてや彼女は子供だ。そんな子に今、いったいどんな自分勝手な感情を向けた。

すぐそばの椅子に座って、顔を覆ったまま罪悪感に押し潰されそうな体を支える。

「……日花?」

洗面所から戻ってきたらしい蛍明に名前を呼ばれたが、顔を上げることはできない。情けなくて仕方がなかった。蛍明が小走りに近付いてくる音が聞こえた。

「大丈夫か?　やっぱり体調悪いんか?」

「ごめん、違う……大丈夫……」

「大丈夫に見えへん」

手を下ろして、ほんの少し顔を上げる。日花を覗き込んでいるのは、ただただ心配そうな顔だ。

黙っていれば彼は何も知らずにいられる。知らずにいるほうが幸せに決まっている。それなのに。助けてほしいと、そう願ってしまった。

縋りたくて手を伸ばそうとしたが、今の二人の距離では指先は到底届かない。

「……蛍明、海見たい」

視線をまた落として呟く。それに戸惑った声が返ってきた。

「今から？」

「今から。プライベートビーチ、ホテルを出てすぐの」

「でも、お前調子悪そうやし、もう遅いし……明日の朝にでも」

「今行きたい」

彼の声を遮って言う。

蛍明なら様子がおかしいことに気付いてくれるはずだ。少し間をおいて、それから明るい声が聞こえた。

「仕方ないなぁ。わかった、行こか」

顔を上げると、蛍明の笑顔も少しひきつっていた。様子がおかしい理由にも、彼は気付いたようだった。

二人で部屋を出て、黙ったままエレベーターに乗って一階へ降り、ホテルを出る。目の前に広がるのは宿泊客しか入ることのできない海とビーチだ。空はもうほとんど藍色だった。

入り口の近くで親子連れが遊んでいる。彼らから離れた所まで黙々と歩いて、日花は小さな岩に腰を掛け項垂《うなだ》れた。

「……ごめん、蛍明……」

「もしかして、おった？」

「……いた」

額を手で撫でて、もう一度「ごめん」と呟く。

「言わないほうがいいのは、わかってるの……」

「ええよ、気にすんな。お前だけ見えとんのしんどいやろ。俺、別に怖いとかないし」

「……ごめんなさい」

「謝らんでええって」

蛍明が隣に腰を下ろす。

その優しい言葉と、いつもより遠い二人の距離がつらくて仕方がない。

今誤解を解いておこう。解いておかなければならない。時間が空けば空くほど二人の距離はさらに遠くなる。

「蛍明」

そっと手を伸ばして、彼のTシャツの袖に触れた。

「子供の幽霊がいたから……だから、あのとき思わず手を振り払っちゃったの。蛍明に触られるのが嫌だったからじゃないから、だから」

袖をほんの少し引いた。

「もう少しこっちに来て」

顔を見ることができず、俯いたまま呟く。

沈黙が落ちたあと、袖を掴む手に蛍明が微かに触れた。

「うん、わかった」

返事をして、彼は人一人分空いていた距離を縮めた。日花も体をずらして、その汗ばんだ体にぴたりと寄り添う。

深く大きく息をつく。安堵のため息だ。誤解は無事に解けた。

これで、目下《もっか》の悩みは幽霊だけになった。

「子供の幽霊がおるの？」

「うん……十歳くらいの女の子。部屋の隅で、私たちのこと気にしてる様子はないけど……」

それを聞いて、蛍明の声が落ち込んだように低くなる。

「……小さい子か。聞いただけでもしんどいな」

「うん……子供の幽霊ってほとんど見たことがなくて。ずっと寂しそうにしてるから……」

見ているのがつらい。

もしかすると彼女を救ってあげられるかもしれない。その傲慢《ごうまん》で無責任な思いが、さらに日花を苦しめる。

「どうする？　お前がしたいようにしてええで。話しかけてもええし、無視してもええし」

そう言ってくれるだろうと思っていた言葉に、ぎゅっと膝を抱いた。

「でも、話しかけて、もし私の手に負えるようなことじゃなかったら……」

「別の部屋に替えてもらうとか？」

「この繁盛期に、こんないいホテルの部屋なんかなかなか空いてないよ。ついてくることだってあるし」

「金かかるけど、空いとる他のホテル探すって手もある。俺は寝れたらどこでもええし」

首を横に振る。それはだめだ。これ以上蛍明にこの体質のせいで迷惑はかけられない。

「いらん心配せんでも、幽霊以外のことは俺がどうにかしたるから。お前、ほっとかれへんねやろ？」

「でも……私、誰かといるときは幽霊と関わらないって、決めて……」

「んなもん臨機応変にいけばええねん」

「……でも」

「お前らしくないデモデモダッテやなぁ。お前いっつももっとスパーンって色々決めれるやん」

それは自分の問題のときだけだ。今は蛍明がいる。自分の行動一つで蛍明に影響が出る。迷惑がかかる。

自嘲もできない。一番最悪なパターンになってしまった。

幽霊を見捨てることもできず、一人で解決することもできず、ずるずると蛍明を巻き込んだ。最悪だ。

俯いて顔を上げられない日花に、蛍明はふうっと息を吐いた。

「俺のこと気にして決められへんねやったら、じゃあ俺が代わりに決めたるわ」

立ち上がった蛍明に腕を引かれ、無理やり立たされる。

「声かけるぞ」

そのまま歩き出した彼に腕を引かれ、為《な》す術《すべ》もなくその後ろをついて行った。

「何も成仏させたる、って声かけんでもいいやん。お前じゃどうにもならんかったときにガッカリさせてまうの嫌やろ？　ここにおる間しか話されへんけど、って前置きしてさ」

プライベートビーチの入り口近くには、親子連れの姿はもうなかったが、何組か夫婦やカップルが増えている。彼らに聞こえないように声を落として蛍明が続ける。

「幽霊にとって、お前の存在は救いやで。自分の姿が見える人がこの世におるっていうのはめっちゃ心強いし、お前以外にも誰か見える人がおるかもしれへんって生きる希望になるし。まあもう死んどるけど」

とんだブラックジョークだ。横顔を見上げたが、その顔は至って真剣だった。

「お前、ドがつくほどのお人好しのくせに、声かけんかったら確実にいつまでも後悔するやろ。百パー後悔する。絶対や。俺の貯金全額賭けてもいい」

「……いくら？」

「結構あるで。親がお年玉貯めとってくれたやつと、死んだじいちゃんばあちゃんが俺が家出るときのために貯めとってくれたやつと、大学でバイトしとったときに貯めたやつと、俺に大怪我させた会社からもらった慰謝料と、一年社会人して貯めたやつ」

手を引かれたままホテルに戻り、エレベーターに乗り込む。階数ボタンを押して彼は日花の手を離したが、今度は日花が彼の手を取って握り締めた。体が触れそうな距離まで近付いて見上げると、蛍明はあからさまな動揺を顔いっぱいに浮かべたが、それを気にする余裕はなかった。

彼の言うとおりだ。声をかけなければ絶対に後悔する。いつまでも、何年も、心の片隅にその後悔が残るはずだ。

しかし、幽霊の少女に声をかけるのなら。

想像して、日花の脳内を支配したのは、恐怖だ。

「……私、つらかったの、蛍明と離れて」

彼が幽霊だったときの話だ。

五日間同じ部屋で過ごし、一人で大丈夫だと出て行く蛍明を見送った、あのとき。

「蛍明はきっと成仏できるって思ってても、離れるのがつらかった。本当は生きてて意識も戻って、でもきっと私のことを思い出すことはなくて、もう二度と会えないだろうって思ったときも……悲しくて仕方がなかった」

幽霊と深く関われば関わるほど、永遠の別れがつらくなる。

それを知って、あの日以来幽霊とは必要最低限の会話しかしていない。冷たい人だと言われたこともある。でもそれは身を守るためだ。

「小さな女の子と二晩一緒に過ごして感情移入して、私はきっと蛍明のときと同じことを繰り返す」

その手を強く強く握り締める。

「ひとりになるのは寂しい」

呟いたその瞬間、日花は蛍明の腕の中にいた。

「……ごめん。つらいことを無理やりさせたりせんよ。つらいならやめとこ」

ぽんぽんとあやすように背中を撫でて、蛍明は体を離して顔を覗き込む。

「俺……お前にめちゃくちゃ無理させて命助けてもらったことは棚に上げるけど……いや、宇宙ステーションの棚くらいに上げるけど……そこら辺の幽霊より、俺は生きとるお前が大事やで」

目が合って、彼は慌てたように付け足す。

「お前の家族やってそうやろ？　誰もお前が傷付くことなんか望んでへん。やから、今回は……気付かんかったことにしよか。普通に部屋戻って風呂入って寝よ。明日は早めに出て遊びに行こ」

優しい声だった。きっと日花がそれに同意したって、彼は欠片《かけら》ほども責めたりしないだろう。

そうすればあの幽霊の少女はこれから何年も、もしかすると何十年も一人きりだ。

仕方ない。仕方ないと思わなければならない。自分に言い聞かせる。幽霊のために自分を犠牲にする必要なんてない。

何度も言い聞かせるたびに、体が重たくなって顔を上げられなくなった。

「……どっちにしろ、お前はつらい思いしてまうんやな」

「……ごめん」

「謝んなって。お前が悪いなんかいっこも思ってへんから」

繋いだ手を蛍明が指で擦《さす》る。くすぐったかったが、手を離したくなかった。

「俺、お前のお人好しすぎる性格好きやけど、お前にとってはただただ難儀な性格やな……」

思わず顔を上げる。それと同時にエレベーターの扉が開いて、そちらを向いた蛍明の顔は見えなかった。

手を引かれてエレベーターを出て、部屋に戻るのかと思いきや彼はエレベーターホールの隅にあるベンチにどさりと腰を下ろした。腕を組んで考え込む蛍明の隣に、日花も浅く腰掛ける。

「じゃあさ、一人やなくて、誰かと一緒やったらええの？」

その言葉に、彼を見上げる。

「俺が一緒に関わるわ。それでその子が成仏するか、それとも成仏させれんくて明後日バイバイすることになるか、どっちになるかわからんけど、それがつらかったら俺が一緒に泣いたるし慰めたる。お前の気が済むまでな。それやったら耐えられる？」

驚いて彼を見つめる。

蛍明には幽霊は見えない。それなのに日花を介して幽霊と関わろうというのか。そして、その後の感情も共有しようと。

もちろん、それほど心強いものはない。しかし、それは蛍明にも、同じ思いをさせるということだ。

日花が口を開く前に、蛍明はにんまりと笑って畳み掛けるように言う。

「こんな家から遠いとこで、頼れんのは俺だけやろ？　お前には今、俺しかおらへんやろ？」

どこかで聞いた台詞だ。思い出して、目を細める。

「……それはつらくて大変なことだよ」

「お前がひとりぼっちで泣いとるよりは何億万倍もマシ」

その笑顔に、目元がじわりと熱くなった。

「……イケメンなの……？」

「せやろ⁉　お前もようやく気付いたか！　俺の、この隠れたイケメン力《りょく》に‼」

立ち上がった蛍明に手を引かれる。今度こそ部屋に戻るようだ。

「……ありがとう、蛍明」

「ええよ」

蛍明はにこりと笑って、そして辿り着いた部屋の扉にカードキーをかざした。

解錠した音が聞こえる。唇を引き結んで前を向く。蛍明もこう言ってくれている。

覚悟を決めよう。

「声かけるなら、全力でどうにかしたろか。二人で解決法考えたらなんとかなるなる」

今まで何度も助けてくれて、どうにかしてくれた明るい声が背中を押してくれる。

日花は意を決して、部屋の扉を開いた。部屋の電気を点《つ》けて、一直線に少女のもとへ進む。ソファの後ろを覗き込むと、彼女はまだぼんやりとした目を窓の外に向けていた。

驚かせないようそっと隣に腰を下ろす。ようやく目が合って、にこりと笑いかけた。

「こんばんは」

少女は目を真ん丸に見開いて、それから辺りを見渡し、また恐る恐る日花に視線を戻した。

「お姉ちゃん、見えてるの……？」

「うん、見えるよ」

その返事に、可愛らしい顔がぐしゃりと歪む。

「ど、どうして……今まで、誰も、あ……わたしのこと、気付いてくれなくて」

どれほどの孤独と恐怖だっただろう。みるみる真っ赤になった目元から涙をいくつも落とし、彼女は何度かしゃっくりを上げた。

「わ、私……本当に幽霊になっちゃったの……？」

「……そうね」

「そんな……いやだ……いや……」

しがみつくように伸ばされた手を取ろうとしたが、掴めない。少女は何度も日花に触れようと手を動かして、それが叶わないと知って大声で泣きながら地面に突っ伏した。

つられて泣くなと自分を叱咤《しった》する。泣けば彼女はもっと不安になるだろう。じっと、彼女の気が済むまで黙ったままそのそばに寄り添う。

何分経ったか、泣き声がだんだん小さくなる。彼女は疲れきってしまったようだ。深い息を吐いて鼻をすすって、ようやくのろのろと顔を上げた。

袖口で顔をゴシゴシと拭う。そしてまだしゃっくりの止まらない真っ赤な顔に、気を遣うような、あまり子供らしくない愛想笑いを浮かべた。

「泣いてごめんなさい」

「いいのよ」

その警戒を解きたくて、にこりと笑う。

少女はしわが寄ってしまった袖を撫で付けながら、窺うように日花を見上げた。

「どうしてお姉ちゃんには私が見えるの……？」

「どうしてかはわからないけど、生まれつきなの」

その目が、日花の隣ではらはらと見えない成り行きを見守っている蛍明に向けられる。

「お姉ちゃんの彼氏も見えるの？」

「ううん、この人は見えない。あと彼氏じゃない」

「家族？」

「違う、友達」

少女が驚いたように目を丸くする。

「えっ⁉　ただの男友達と二人きりで旅行に来てるの⁉」

「今はその話はやめましょう」

何を話しているのか察したらしい蛍明も、どことなく気まずそうだ。

会話を切り替えるように、小首を傾けて彼女の顔を覗き込む。

「明後日には帰らないといけないから、ここにいる間だけだけど、お話し相手くらいにはなれるから」

蛍明の言うとおり、成仏を手伝うと言って、もしだめだったときに絶望させたくない。

それでも彼女は真っ赤に腫れた目のまま、嬉しそうに笑った。

「人とお話しするの久しぶり。多分、半年ぶりくらい」

「そうなの」

幽霊になってまだ半年。いや、幼い子供が一人きりで過ごすには長すぎる期間だった。

立ち上がって「おいで」と少女を手招きする。こんな暗くて狭い場所にいる必要はない。そばのソファに座って隣をぽんぽんと叩くと、彼女はおずおずと近寄って、遠慮がちに日花の隣に腰を下ろした。

蛍明がスツールを引っ張ってきて日花のすぐ隣に座ったのを確認して、また少女に向き直った。

「沖縄に住んでいたの？」

「違う。家は千葉県」

「千葉県……」

訛《なま》りのない話し方に予想はついていたが、やはりここの出身ではないらしい。

「どうしてここにいるのか、心当たりはある？」

　尋ねると、彼女はうんと小さく頷いて、俯いた。

「家族で旅行に行こうって言ってたの。お父さんとお母さんと私と妹と。沖縄に行こうって決めて、日にちも決めて、準備して。みんなで楽しみにしてたら、出発する何日か前にアパートが火事になって、私もみんなも気付いたら死んじゃってた」

　ずしりと胸が重くなる。半年前、幼い子供二人を含む一家が犠牲になった火事。調べたらすぐに記事が出てくるだろう。

「幽霊になって、夢見てるみたいにずっとぼんやりしてて。私たちのお葬式を見て、おじいちゃんとおばあちゃんがずっと泣いてるのが悲しくて……ここに来たらもしかしたら家族の誰かがいないかなって……」

　そして今ひとりぼっちだということは、家族は見つけられなかったのだろう。

「……沖縄旅行、楽しみだった？」

「すごく楽しみだった」

　少女の声が震える。

「お父さんずっとお仕事忙しくて、夜中まで仕事して朝早く出かけて、休みも全然なくて。でも転職して、お休みがいっぱい取れるようになって、それで生まれて初めて家族旅行に行く予定だったの」

その顔が、また悲しみの色に染まる。

「みんなで一緒に、きれいな海が見たかった。大きな水族館でジンベイザメも見たかった。赤いお城も見たかった。お母さんと一緒にきれいなガラス屋さんも行こうねって話してたの。おじいちゃんとおばあちゃんの、なんだっけ、ルビーコンシキ？そのお祝いに、お揃いのガラスのコップを買ってプレゼントしようねって。一緒に探そうねって、約束して……」

せっかく止まっていたしゃっくりがまた始まって、それでも彼女は言葉を続ける。

「飛行機に乗るのも初めてだったの。お泊まりのお出かけも初めてで楽しみで……ずっと、楽しみにしてたのに……！　みんなで、みんなで……！」

耐えきれなかった涙がぼろぼろと座面に落ち、少女も同じように日花のひざにくずおれた。

その触れられない体を抱えるように手を回す。

彼女の未練は、家族旅行だろう。家族みんなで、初めての旅行に行くことだ。

彼女の家族はもういない。その未練が消え去ることは、ない。

息を吸って、震えそうな声を宥《なだ》める。蛍明を振り返り小さな声で彼女の状況を説明した。途中で彼女は顔を上げ、ぐずぐずと袖口で涙を拭っていた。

話し終わって、日花と蛍明の間に沈黙が落ちる。

もし彼女が望むのなら、千葉の祖父母の家まで連れて行ってもいい。いや、まだ半年。彼女の祖父母は、まだ深い悲しみの中にいるだろう。その姿を見せてもいいのだろうか。

どうすればいい。

本当にこのまま、二晩話をするだけで終わってしまうのか。どうにか、他に方法は。

「うん」

何かに納得したように声を上げたのは蛍明だった。

見上げるのと同時に、蛍明はぱっと満面の笑みを浮かべた。

「じゃあさ、明日兄ちゃんらと一緒に観光行く？」

驚いて目を丸くする。それは少女も同じだったらしい。二人の視線を受け止めて、彼は飄々《ひょうひょう》と続ける。

「明日はちょうど水族館行く予定やったし、花瓶を土産に頼まれとるから琉球《りゅうきゅう》ガラスの店も行くし。兄ちゃんら車借りとるから、近くやったらどこでも連れてってたるで。首里城《しゅりじょう》もチラッとなら行けるやろ」

「え、え……でも、あの」

「一緒に行くのが兄ちゃんらで悪いけど、でも一人で行くよりは絶っ対三人のほうが楽しいって。んでいっぱい楽しんで、それから天国のお母さんらにお土産話しに行ったり」

蛍明の視線は少女とは合っていない。しかしその言葉は、彼女の運命を変えたかもしれない。

暗い絶望を浮かべていた目に、一筋の希望がさしたように日花には見えた。

胸元で手を握り締め身を乗り出した少女は、しかし徐々に表情を曇らせる。

「でも……でも、私」

怯えたような、窺うような視線を少女は日花に向ける。安心させるために、それに微笑みを返した。

「一緒に行こう」

「……いいの……?」

「いいよ。お名前を教えてくれる?」

戸惑ったまま彼女は胸元の手に視線を落とし、小さな声で呟く。

「杏《あん》。果物のあんずの杏」

「そう、杏ちゃん。私は日花、この人は蛍明よ」

日花と蛍明の顔を交互に見て、杏はうんうんと頷く。戻ってきた視線に、目を細めて笑った。

「明日、楽しみだね」

「うん……うん……！」

みるみる彼女の顔が赤くなる。それからいくつか涙が落ちたが、口元に浮かんでいるのは耐えきれない笑みだ。

彼女は小さな震える声で「ありがとう」と呟いた。

「どういたしまして」

その目が蛍明にも向けられる。

「あの、蛍明お兄ちゃんも、ありがとう……」

「蛍明お兄ちゃんもありがとう、だって」

杏の言葉をそのまま蛍明に伝えると、彼も照れたように小首を傾けた。

「ええんやで」

返事を聞いて杏は嬉しそうに飛び跳ねるように立ち上がり、きょろきょろと辺りを見渡す。

「じゃあ私、明日の朝になったらここに来るから！」

「えっ」

玄関のほうへ駆けていく背中に慌てて声をかける。

「いてもいいんだよ！」

「だって、二人の邪魔しちゃ悪いでしょ！」

そう言い残して、杏は止める間もなく扉をすり抜けて外へ出ていってしまった。

「行ってもたん……？」

心配げな蛍明の声に首を横に振る。

「明日の朝に戻ってくるって」

「そうなん？　おったらええのに……」

蛍明は立ち上がって、さっきまで杏が座っていた場所に腰を下ろす。

少し黙って、それから彼は不安そうに眉を下げた。

「俺、勝手に決めてもたけど、大丈夫やった……？」

「うん。多分、これが最善だと思う」

少し緊張していた体からようやく力を抜いて、日花はソファの背もたれに全身を沈めた。

「彼女の未練は、家族と一緒に旅行に行きたかったことだと思う。でもそれが、もしかしたら蛍明の言葉で、旅行を楽しんで天国へ行って、お母さんたちに話を聞かせてあげることになったかもしれない」

「そういうこともあるん？」

「うん。要は本人がこの世に未練がなくなるくらい満足できるかどうかだから」

幽霊になってしまうくらい強い強い未練を代わりの何かで埋めるなんて、そうそうできることではないだろう。しかし杏はまだ幼く、きっと周りの大人に影響を受けやすい。そう願おう。

彼女を助けたくて始めたこの行為が彼女を傷つけることがないよう、全力を尽くそう。早く家族に聞かせてあげたいと強く願うくらい、楽しい一日にしてあげればいい。

「うん、ま、やってみなわからんか。運転は任しとき。予定もちょっと組み直そか」

いつもの笑顔を向けてくれる蛍明を見る。

今までずっと自己中心的でそして孤独だった幽霊を助けるというこの行為に、蛍明が手を差し伸べてくれた。その存在の、なんと頼もしいことか。

「……うん」

じわりと涙が滲んで、我慢できずに彼の胸に頭を預ける。

「蛍明、ありがとう。そばにいてくれて心強かった」

「うん」

随分ひっくり返った声が聞こえた。

少しして、おっかなびっくりというふうに彼の手が日花の後頭部を撫でる。

「なんかさ……色々思い出したわ。俺が幽霊んとき、日花に会った日の晩……ちょっと泣いたやん？」

「ちょっとではなかったと思うけど」

「……あのとき、俺のこと慰めとったときも、お前こんな顔しとったなって思い出した」

ふふと笑う。よく覚えている。

あれ以上寂しい思いをさせたくなかった。ひとりぼっちで泣かせたくなかった。

きっと蛍明も、そんな気持ちで協力してくれているのだろう。

「あのときは、一年後にこんなふうに一緒にいるだなんて想像もしなかったね」

「せやな」

日花の髪を弄《いじ》っていた蛍明の手が背中に触れる。控え目だったのは最初だけだ。強く強く、体をぴたりとくっつけるように背中を引き寄せられ、それに応えるために日花は彼の背中をそっと撫でる。

「日花……」

名前を呼ばれて顔を上げる。十センチの距離で目が合った。

声も出せずに見つめ合う。

彼の唇が少し開いたのは、何か言おうとしたのか、それとも、何をしようとしたのか。

背中の手に力がこもって、さらに引き寄せられて。

そのとき近くから聞こえた「カタ」という小さな物音に、蛍明は踏みつけられた猫のような声を上げて後ろへ飛び退いて、ソファから転げ落ちた。

「あ、あああああ、杏？」

悲鳴のような蛍明の声に思わず部屋を見渡す。しかし広い部屋に彼女の姿はない。

「違う、いない。杏ちゃんは物に触れないから音を立てられないし」

ただの家鳴りか、荷物か何かが倒れた音だろう。地面にひっくり返ったまま、蛍明は「……そうやったな」とため息をついた。

尻を打ったらしい彼に手を差し出して立ち上がるのを手伝う。

「はー、焦った焦った」

笑う蛍明にどうして焦ったのか聞いてみたら、もっと焦るだろうか。もちろんそんな意地悪をするつもりはなかったが、日花の視線に彼はふと笑いを引っ込めて数秒硬直して、目に見えて取り乱して顔を赤くした。

「ほら、ほらあれや、あの、明日も早いし、ジャグジーは明日のお楽しみにして今日はシャワーにして、予定立て直してはよ寝よか」

しどろもどろに言って回れ右をした彼は、そそくさとスーツケースへ向かう。後ろを向いていても、ちらちら見える耳はまだ真っ赤だ。

なんだかこちらの顔まで熱くなってきたかもしれない。彼にばれないように手で頬を扇《あお》いで冷ましてから、日花は自分のスーツケースに向かった。

四章　杏の貝殻

聞き慣れたアラームが鳴り響く。日花はのそのそと手を動かしてスマートフォンを探し当て、目を閉じたまま画面をでたらめにタップしてアラームを止めた。

いつもならこのまま二度寝をしているが、今日はなんといったって。

「おはよ」

声が聞こえて、ようやくまぶたを上げる。視線を巡らせて、ぼやけた視界に蛍明を捉えた。

おはようと口を動かしたが声は出ない。その様子を見て、ツインベッドのもう一つに腰を掛けている蛍明は、にっと口の端を上げて笑った。

「結構あっさり起きたな。どう叩き起こしたろかって色々考えとったのに」

「……楽しみ、だから」

「遠足の日の小学生か」

返事もできずにのそりと起き上がって、乱れた髪をかきあげる。体に巻き付いていた薄手の布団を剥ぎ取ると、蛍明が悲鳴を上げた。

「うわっ、ちょお待ち、お前下にちゃんと服着とる？」

慌てたように顔を背けた蛍明から自分の体に視線をやる。

羽織っていた浴衣は開《はだ》けてずれ落ちて、腰紐はかろうじて腰に絡みついているだけで用をなしていない。絶対に寝乱れると思って、その下にパジャマ代わりのタンクトップと短パンを身に着けていた。下着は見えていない。

「大丈夫……パジャマ着てる……」

眠気でまだ気怠い腕で合わせを整える。それで力尽きてシーツへ逆戻りすると、呆れたような顔が覗き込んできた。

「お前ホンマ寝相悪いよな……どうやって寝たらそんな大惨事になるん。寝とるときもミノムシみたいやったし」

自覚は全くなかったが、家族や友人にはよく言われていた。布団を蹴落としてしまうので、体に巻きつけて眠る癖があるくらいに。

大きく伸びをして、蛍明が冷蔵庫から持ってきてくれたペットボトルの水を受け取った。からからの喉に水を流し込んで、ようやくまぶたが完全に開いた。

「杏、来とる？」

尋ねられ、部屋を見渡す。

「杏ちゃん」

その姿はどこにも見当たらない。

「いないね」

「じゃあ来るまでに準備しとこか」

「うん」

大きな洗面所で二人並んで顔を洗って歯を磨く。日花は引き続き軽く化粧をして着替えて、部屋に戻ると蛍明ももう着替えを終わらせていた。

「なぁ、もっと派手なんなかった？」

両手で広げた花柄のシャツに視線をやったまま蛍明が問う。

二日目は手持ちの洋服の中で、一番夏っぽくて派手なものを着ようと約束していた。

蛍明の荷物を詰めたのは日花なので、それは日花が選んだシャツだ。確かにそれより派手なものはあったが、今回それを選んだのには理由があった。

シャツから日花に視線を移して、思わず笑った蛍明も、その理由に気付いたようだ。

ワンピースを手で広げて、くるりとその場で回ってみせる。

「私のと少し似てるなと思って」

花の種類は違うが、日花も黒地に白い花のノースリーブのワンピースを選んでいた。

「そういうことな。ペアルックやん」

「リンクコーデって言って」

「そんなハイカラな呼び方知らんわ」

「やだ、おじさん」

「はー？　俺とお前、たったの三歳差ですけどー？」

鳥のように唇を尖らせて呻く蛍明に、笑いながら「ごめん」と謝った。

そして部屋を見渡す。しかし杏はまだいないようだった。

「まだ来てへんか」

「そうだね」

「先ご飯食べに行こ。どのみち杏はレストラン連れてかれへんのやし」

「うん……」

しかし、部屋に来たときに二人の姿がなかったら不安に思うだろう。

考えて、机の引き出しから紙とペンを取り出して、『朝ごはんを食べてくるから待っててね』と書いたメモを残してレストランに向かう。

朝食バイキングを堪能して部屋に帰ると、部屋の真ん中にぽつんと杏の姿があった。

メモを覗き込んでいたらしい彼女が顔を上げる。不安げなその顔が、日花たちを見てほっと緩んだ。

「おはよう、杏ちゃん」

「あ、おるの？　おはよ、杏」

明後日の方向に手を振る蛍明に少し笑って、彼女はやっぱり昨日のように頬を赤らめてはにかみながら、「おはよう」と挨拶を返してくれた。

「さあ、準備ができたら出発しようか」

「うん！」

「オッケー」

元気な二人の返事を聞いて、日焼け止めを塗りたくって荷物を整理したら準備万端だ。

ホテルを出て、三人で空を見上げる。今日の天気も快晴だ。

意気揚々と車に乗り込む。日花は助手席だ。杏は後部座席に乗ったが、運転席と助手席のシートの間から顔を出して、わくわくした顔で日花を覗き込んだ。

「ねえ、付き合うことになった？」

彼女の顔を見て、静かに首を横に振る。

「ええ⁉　男と女が二人きりで一晩同じ部屋で過ごしたのに⁉　何もなかったの⁉　お揃いの服着るような仲なのに⁉」

その、『何も』の『何』の意味をわかって言っているのだろうか。最近の子はませているなと無言を返事にする。

そのやり取りを見ていたのか、シートベルトを締めながら蛍明が言った。

「日花、ちゃんと伝言してよ。俺やって話混ざりたい」

「わかってるよ」

返事をしてから杏を見て、にっと口の端を上げる。今の話は二人の秘密だと、そう言いたいのをわかってくれたのだろうか。彼女もにんまりと笑って、そして静かに首を縦に振った。

「そうや。日花、杏に今日はどんな予定なんか教えたって」

「了解」

昨日それぞれシャワーを浴びたあと、ベッドに転がって二人で計画を練り直した。付箋《ふせん》が貼られ色々と書き込まれたガイドブックを取り出す。それに杏が目を輝かせた。

「私もね、こんなガイドブックを買ってもらって、行きたい場所に付箋を貼ってたの。付箋だらけになっちゃって、こんなにいっぱい行けないよってお母さんに笑われたけど」

思わず言葉に詰まった。それを思い出して杏は悲しくならないだろうかとその顔をちらりと見たが、浮かんでいるのは純粋な期待と喜びだ。この感情は杏にとっては余計なお節介だと知って安心する。

彼女に見えるようにガイドブックを広げて、意外とまめな蛍明がこまごまと予定を書き込んでいるページを見せた。

今日の主な予定は、首里城と水族館と有名な琉球ガラスの店、時間が余れば他にも通り道にある店に寄りたい。

「こんな感じ。他にも行きたい場所はある？」

「ううん、私が絶対に行きたいって思ってた所ばっかり！」

「そう、じゃあ決定ね」

信号で車を停止させた蛍明が後部座席を振り返る。

「杏、オッケー？」

「うん、オッケー！」

「オッケーだって」

「よっしゃ、じゃあ安全運転で行くで」

まずは、ホテルから一番近い首里城だ。

時間の関係で首里城は建物には入らずに正殿《せいでん》を外から眺めただけだ。それでも杏は喜んでくれたし、それと同じくらい初めて見たらしい蛍明も喜んでいた。

それから車を二時間ほど飛ばして、北西部の水族館へ向かう。

車の中で主に喋っていたのは蛍明だ。日花をも陥落させたその人たらしなお喋りで、まだ少し遠慮がちだった杏も、水族館に着く頃には随分打ち解けて話をしてくれるようになった。

車を停めて外に出る。濃い花の匂いと微かに海の匂いがして、二時間のドライブの疲れが吹き飛んだ。

さすがに沖縄最大の観光地の一つなだけあって、周りは観光客でごった返していた。外国人が多いが、むしろ好都合だ。杏と話をしていても、言葉がわからなければただの盛大な独り言にしか聞こえないだろう。

万が一迷子になったときの集合場所を決めて、いざ館内へと足を踏み出す。その次の瞬間、団体の観光客に巻き込まれ日花は蛍明を見失った。隣で杏が「お兄ちゃああん！」と叫ぶがもちろんそれは彼の耳に届くはずもなく、館内に入って五分足らずで早速集合場所が役に立つことになった。

「なんでお前早速おらんねん」

「ごめん」

息を切らして探しに来た蛍明に謝る。

「杏もちゃんとおる？」

「いるよ、私のすぐ隣に」

杏の肩を抱くように手を回すと、彼ははあと大きな息をついた。

「お前らが後ろにおるもんや思て、めっちゃ一人で喋っとったわ」

「ごめんごめん」

「ごめんなさい」

手を繋げない杏を気にしていると、つい蛍明の姿を追うのが疎《おろそ》かになる。杏には蛍明の後ろをついて行ってもらって、それを追いかけるようにしたほうが見失いにくいだろうか。

色々と思案する日花の前に、蛍明は羽織《はお》っているシャツの裾を差し出した。

「……また迷子なったらあかんから、俺の服掴んどき」

少しぶっきらぼうに言うのは、彼の照れ隠しだろう。「ありがとう」と素直に手を伸ばし、いや、とぴたりと止める。

いっそ手を繋いでしまおうかと考えたが、昨日の夜とは違う明るい場所ではやはり少し恥ずかしい。そっと裾を掴むと、蛍明ははにかんで前を向く。そのやり取りを見ていた杏は、心底不思議そうに眉を寄せた。

「なんで付き合ってないの……？」

潜めた声で尋ねる彼女の耳元に顔を寄せ、日花は小声で答えた。

「大人にも色々あるの」

「ふーん」

その顔には興味がありありと見て取れる。幽霊が見えるというこの体質を彼が気にしているかもしれない。そんな理由を幽霊である杏に伝えることなんてできない。

そんな二人のやり取りを遮ったのは、「あっ！」という蛍明の叫び声だった。

「見て！　ナマコ！　ナマコ触れんでナマコ！」

彼が指差すほうには人だかりができていて、その隙間からちらちらと低い水槽が見える。中に入っている黒いものはナマコらしい。

「触るの？」

「普通に触るやろ！」

ぱっと駆け出した蛍明を呼び止めようとしたが、この距離で迷子になったりはしないだろうと黙って見送った。

「ああいう子供っぽいところがだめなの？」

隣に立つ杏がそう尋ねてきて、思わず噴き出す。女子小学生には十分子供っぽいらしい。

「ううん、むしろああいうのは可愛いと思うよ」

「お姉ちゃん、大人だね」

「日花！　杏！　ヒトデもおる！」

叫びながら手招きする蛍明に笑って、杏を見下ろした。

「行こう、離れないでね」

「うんっ」

「蛍明が触ってるの、一緒にそばで見ようか」

「うん！　見る！」

駆け出した杏を見失わないように、日花はその背中を追った。

水族館内は相変わらず溺れそうなくらいの人混みだったが、日花たちは団体と団体のちょうど切れ間を陣取ることができ、人が多くて展示も見えないという事態は免れた。

色とりどりの魚、大きい魚、小さい魚、きらきら光る魚。

蛍明のシャツの裾を掴んだまま、それらを眺めたり写真に撮ったりする。

「こいつ、昨日釣ったな」

展示の一つを指さして蛍明が言う。美味しそうだと思っていたら、そういえば確かに昨日蛍明が釣り上げて、そして昼ご飯に食べた魚だ。

「え、釣りもしたの⁉」

目を輝かせる杏に、日花は頷いてみせる。

「そう。船に乗って」

「お船に乗って⁉　すごい！」

「兄ちゃんすごかってんで。十匹くらい釣ったし、一番大きいやつで八十センチくらいのやつ釣ったんやから」

蛍明がスマホにそのときの写真を表示する。杏が見やすいようにその腕を掴んで引き寄せると、彼女はそれを覗き込んで歓声を上げて蛍明を絶賛した。

「お兄ちゃん、釣りの才能あるんじゃない？」

「才能あるんじゃないかって褒めてくれてるよ」

「やっぱり？　杏もそう思う？」

杏にも褒められ蛍明は完全に悦《えつ》に入《い》ったようだ。きっと東京に帰り仕事が落ち着いたら、本格的に釣りを始めることだろう。

はしゃいで会話する二人を見守る。蛍明には杏の声は聞こえないはずだが、なんとなく話が噛み合っているような気がする。

蛍明も、日花の視線を追いかけ杏がどの辺りにいるのかを把握するのに慣れてきたらしい。時々見えているように二人の視線が合う。

杏はそれが嬉しいらしく、ずっと蛍明の周りを跳ね回っていた。

「お、次はでっかい水槽やで」

パンフレットに目を落としたまま蛍明が言う。

「ジンベイザメ!?」

「ジンベイザメもいるみたいだね」

「やったあ！」

日花の返事に、両手を振り上げ歓声を上げながら杏が走り出した。

「あっ、待って！」

声を上げたが、一目散に駆けて行った彼女は止まらない。思わず蛍明の手を取り、その背中を追いかけた。

「なっ、何？」

「杏ちゃんが走って行っちゃった！」

あっという間に見えなくなった背中に焦っていると、「あはは」と蛍明が後ろで笑う。

「お前の話聞いとったらえらい大人びた子やなと思っとったけど、やっぱり小学生は小学生やな」

「もう、笑いごとじゃないんだから……」

薄暗い通路から明るい広い空間へと足を踏み入れる。そしてほっと息をついた。

杏はすぐそこ、下り階段の近くの手すりの前に立っていた。その隣に立ち、彼女と同じように顔を上げる。

目の前にそびえ立つのはメインの大水槽だ。

差し込むのは陽の光だろうか。キラキラと揺れている幻想的な青い水に目を奪われる。

その中を、大きなジンベイザメと無数の魚たちが悠々と泳いでいた。

感嘆の息を漏らす暇もない。

聞いていたよりも、ずっとずっと。

「大きいね……」

「大きいな……」

「おっきい……」

ぼんやりと眺めて、いつの間にか開いていた口を閉じた。両隣の二人の口はまだ開いたままだ。

写真を撮りたいなと考えて、そしてようやく思い出した。スマートフォンが入っている鞄側の手を、まだ蛍明と繋いでいることをだ。

離すタイミングを失ってしまった。掴んだのは日花からだったが、今は蛍明も日花の手を握り締めている。

意識すればするほど手のひらにじわりと汗が滲む。どうすればいいのか悩んでいることを、蛍明に勘付かれていないだろうか。

「日花お姉ちゃん」

名を呼ぶ杏の声に、ぎくりと体を強張らせて思わず蛍明の手を振り払った。何もなかったふりをして杏を見下ろす。

「どうしたの？」

「あの、近くで見てきてもいい？」

そう言って杏は水槽の前を指さす。

「いいよ、見ておいで」

「うん！」

元気に返事をして駆け出したが、やはり不安なのか彼女は何度も振り返る。振り返るたびに手を振ってここにいるよと伝えていると、ようやく安心したのか大水槽の前まで走って行って、他の子供たちと並んで水中を眺め始めた。

ふうと息をついて、ちらりと蛍明を見る。

手すりに体を預けている彼はこちらを見ないが、その横顔は手を振り払ったことを怒っているようには見えない。安心していると、蛍明もちらりと日花を見た。

「……杏、どこ？」

「今一番前で見てる」

「楽しそう？」

「すごく楽しそう。ちゃんとロープの内側でお行儀よく見てるよ」

遠くなるとその姿は少し黒くぼやけるが、それでもその背中は生き生きとしている。

水槽の上部を泳いでいたジンベイザメが、ゆったりと下りてきて杏の目の前を通る。子供たちの歓声に混じって、杏の嬉しそうな声も聞こえて口元を緩めた。

「お前の目線追いかけとったら、なんとなくこれくらいの大きさの子がおるんやろなってのはわかんねんけど」

蛍明が指をさしたのは自分の胸元だ。確かに杏はそれくらいの身長だ。

「うん、ちょうどそれくらい。よく目も合ってるよ」

「ほんまに？」

「うん。蛍明って誰とでも仲良くなれるなって思ってたけど、見えない幽霊とも仲良くなれるなんてすごいね」

「仲良くなれとる？」

嬉しそうにヘラっと笑って、それから彼は徐々に眉をハの字に垂らした。

「正直言うと、最初はやっぱり見えへん子に話しかけるのってなんか変な感じで……でもお前の顔見とったら、時々ちょっと視線下げていつもと違う笑い方するから、あー、今杏に笑いかけとるんやなって……見えへんけど杏がそこにおって、お前を見上げて笑っとるかお喋りしとるんやろなって思えるようになって。そしたらなんとなくここにおるような気がするんやけど、でもやっぱり見えへんねんなぁ」

蛍明は屈《かが》んで手すりに肘をついて、深いため息を漏らした。

「俺ってほんまに、霊感とか一ミリもないんやろなぁ」

「なくていいんだよ」

これだけは言い切れる。こんな能力必要ない。

蛍明は、幽霊が見える人間は、幽霊たちにとって救いだと言った。それは理解できる。もし逆の立場になれば、日花だってそう考えるだろう。しかし。

彼らを救えるものなら救いたいと強く願うのと同じくらい、いやそれよりも少し多いくらい、大切な人がこんな能力を持っていなくてよかったと安堵をしてしまうのだ。

「でも」

それは小さな小さな蛍明の呟きだった。あまりにも小さすぎて、「でも」のあとに続いた言葉は喧騒《けんそう》に掻き消され聞こえなかった。

聞き返そうか迷って、結局何も聞こえなかったふりをする。蛍明も聞かせるつもりはなかったのかもしれない。日花が返事をしなかったことに、特に何も言わなかった。

「お姉ちゃん！　お兄ちゃん！」

叫ぶ声に、水槽の中を漂っていた視線を杏に戻した。

飛び跳ねながら手を振る彼女に手を振り返す。それを見て蛍明も同じように大きく手を振った。杏から蛍明に視線を移す。

「杏ちゃんの所に行こうか」

「そやな」

　前に出た彼に続こうとしたが、日花の後ろを数人の子供たちがはしゃぎながら走り抜けていった。思わずよろけた日花に、蛍明が慌てて腕を差し出す。それを掴んでなんとか転倒は免れた。

「大丈夫？」

「うん、ごめん」

　離そうとした手を蛍明が引き寄せる。驚いて顔を見たが、目は合わない。

「狭いとこでは腕掴んどき。あれやし、危ないし」

「……ありがとう」

　言われるままに体を寄せ、腕を組む。きっとお互い体温が一度くらい上がった。

　また大水槽を見上げていた杏が、階段を下りてきた日花たちに気付いて駆け寄ってくる。

「ただいま！」

「おかえり。すごかった？」

「すごかった！　あのね、ずっと上のほうを泳いでたジンベイザメがね、杏の目の前を通ってくれたんだよ！　目が合ったの！　魚は杏のこと見えてるのかも！」

「見えてたら嬉しいね」

「うん！」

「何が見えとんの？」

蛍明がそう尋ねて、日花が説明する。

「ジンベイザメと目が合ったんだって。魚は杏ちゃんのこと見えてたらいいねって」

「ははは、もしかしたら見えてへんのは人間だけかもしれへんな」

あははと蛍明と一緒に笑っていた杏が、はっと目を見開いた。その視線の先には蛍明の腕を掴む日花だ。

「つっ、付き合うことになったの!?」

興奮しきって叫ぶ彼女に向かって、蛍明にはわからないようにゆっくりと首を横に振る。その顔が驚愕に染まった。

「なんでぇ!?　なんでよ！　そこまでしてるならもう付き合いなよ！」

「さあ杏ちゃん、どんどん進もう。イルカのショーが始まるまでに館内を見ちゃおうか」

誤魔化すために早口で捲《まく》し立てると、彼女はイルカのショーという言葉に顔を輝かせ、それから上手く誤魔化されかけたことに気付いて、少し気まずそうに目を逸らした。

「わかんない、大人ってほんとわかんない。だってお揃いの服着てるんだよ？　誰がどこからどう見ても南の島で浮かれてるバカップルだからね!?」

思わず大きく噴き出すところだった。パンフレットに目を落とす蛍明には気付かれなかったようだ。

否定できずに口元を隠して笑っていると、杏は怒られた子供のように首を竦め、「バカって言ってごめんなさい」と生真面目に謝った。

「いいよ」

「何が?」

蛍明が話に割って入って、「なんでもない」と首を横に振る。

「そう?　イルカショーさ、十三時やで」

蛍明が二人の間でパンフレットを開いて指をさす。

「十三時の次は時間的にちょっと厳しいから、これに間に合うように頑張ろか」

杏が体を屈めて蛍明の腕時計を覗き込む。慌てなければならない時間ではないが、のんびりもしていられない。

「わかった!　行こう!」

また走り出した杏に思わす叫びそうになったが、今度は彼女は少し進んですぐに止まって日花と蛍明を待ってくれた。

口元を押さえてにやにやと笑ったのは、おそらくいまだに腕を組んだままの二人を見てだろう。

そういえば狭い道では腕を掴んでいたらいいと言われたが、今歩いている通路は十分スペースがある。

またしても彼の腕を離すタイミングを見誤り、日花は緊張しきった手のひらで蛍明の腕をぎゅっと掴んだ。


館内をひととおり見て回り、お土産コーナーとイルカショーを堪能した三人は、後部座席に大きなジンベイザメのぬいぐるみを乗せて水族館を出発した。

海沿いを走らせて次に訪れたのは有名な琉球ガラスの店だ。

店内は色とりどりのガラス製品に埋め尽くされている。客は多いが、それでもそのカラフルな光景に圧倒される。

「じゃあパッと探してくるから、お前らも見て回っとき」

「わかった」

蛍明は母親に花瓶を土産に頼まれたらしい。

花瓶コーナーへと向かった彼とそれについて行った杏を見送り、日花は一人でふらふらと店内を回る。

グラスや花瓶の他に、ガラスで花を模したものやコースター、オーナメントなどもある。

　買うつもりはなかったが、眺めていると欲しくなってきた。いくつか手に取って値段を見ていると、蛍明に引っ付いて店内を見て回っていた杏がそばに駆け寄ってきた。

「お姉ちゃん、何か買うの？」

「うん、可愛いグラスがあったら買おうかなって思って」

「そうなんだ」

　杏は辺りを見渡して、それから口角を上げて自信満々に笑った。

「じゃあ杏もペアのコップを一緒に探す！」

「ペア？」

「だって、どうせ付き合うんでしょ？　蛍明お兄ちゃんと」

　さも当たり前のように言うので、思わず苦笑いに近い笑みを浮かべる。杏はそれに不満そうに唇を尖らせた。

「だってお兄ちゃん、お姉ちゃんにベタ惚れだもん。杏でもわかるよ。小学生にもバレバレ。お姉ちゃんを見る目が完全にホレタオンナを見る目だし、時々お姉ちゃんにさり気なく触ろうかなどうしようかなって手をフラフラーってさせて、やめるし」

　よく見ているものだと「ふふっ」と噴き出して、すぐ隣を通り過ぎた客に怪訝《けげん》な目を向けられる。口元に手を当てて笑顔を隠す。

「お姉ちゃんも、嫌いじゃないんでしょ？　お兄ちゃんのこと」

　好き合っているのならそばにいる、きっとそれが恋愛の真理だと思っているであろう無垢な顔を見て、それから辺りを見渡した。蛍明は遠くにいるし、今は周りには他の客もいない。

　たまには素直になってみてもいいかもしれない。

「そうだね。好きだよ」

「それってライク？　ラブ？」

「ラブ」

「ひゃああ」

　声を上げて、照れて赤くなった頬を両手で押さえたのは日花ではなく杏だ。

「やっぱり、やっぱりねぇ」

　わかっていたとでも言いたげに、杏は何度も深く頷く。そしてずっと詳しく聞くことを我慢していたようだが、とうとう耐えられなくなったらしい。

　興味津々な瞳で、彼女はぐいっと体を乗り出した。

「ねえ、お姉ちゃんたちが付き合わないのって、何か理由があるの？　例えば、すごい身分差があるとか、お姉ちゃんに別に婚約者がいて親に反対されてるとか……!?」

　捲し立てるように彼女が言うのは、まるでドラマや漫画の中の話のようだ。

時代が違えば身分差というか家柄の違いはあるかもしれないが、今のこの時代にそんな差別的なものは、もっと上のごく一部の界隈《かいわい》にしかないだろう。現に両親の所有する土地の大半を継ぐであろう長兄の彼女は、ごく一般的な家庭で育った人だ。

しかし杏の興奮は冷めない。

「杏が読んでた漫画で見たことあるの！『危険なトライアングル』って漫画なんだけど、ヤクザの一人娘と組員と、一人娘の婚約者の三角関係のお話！　そのヒロインが夢那《ゆめな》ちゃんっていってクールで長い黒髪の人で、組員の人が泰生《たいせい》くんっていう関西弁を喋る人なんだけど、お姉ちゃんとお兄ちゃんにすごく似てるなって会ったときからずっと思ってて……！」

漫画の中のような話ではない。実際に漫画の話だったようだ。

この興奮しきって早口になる喋り方をどこかで聞いたことがある。そうだ、推しの話を蛍明や友人に聞かせるときに、よくこういう喋り方をしていたような気がする。

それは日花をクールだと勘違いしている杏には絶対に見せられない姿だ。

クールぶっている仮面を脱ぐわけにはいかないし、期待を裏切るのは心苦しいが、嘘をつくこともできない。

「残念だけど、ただの女子大生とただの会社員だよ」

少し幽霊が見えたり、少し過去に幽霊になったことがあるだけだ。

杏は心底残念そうに「なぁんだ」と肩を落とした。話を変えるように尋ねる。

「杏ちゃんはどっちのヒーロー推し？」

「もちろん泰生くん！　郁人《いくと》くんはイケメンだしお金持ちだけど、夢那ちゃんの気持ちを考えずに無理やり自分の恋人にしようとするから、ちょっと苦手」

その郁人くんが一人娘の婚約者なのだろう。イケメンに釣られないなんて、どこかの女子大生よりもよっぽどしっかり物事を見ている。

「結局夢那ちゃんはどっちとくっついたの？」

「それがね、杏、最終巻を読む前に死んじゃってわからないんだよね」

「え……気になるね……」

低年齢向けの恋愛漫画なら本命らしい泰生と結ばれるだろうが、それでも気にはなる。ネットで最終回の感想を探せば見つかるだろうか。それとも本屋の前を通ったら寄ってみようか。

思案する日花を置いて、杏は一人納得したように何度か頷いた。

「まあ漫画の話はいいや。難しいことはわからないけど、杏はお姉ちゃんとお兄ちゃんはお似合いだと思うよ。二人とも一緒にいたら、すごく幸せそうだし」

思わず目を開いて、それから伏せる。杏にはその顔が悲しそうにでも見えたのか、彼女は慌てたようにそばに寄って、触れられない日花の手を両手で包み込んだ。

「ごめんね、お姉ちゃん。杏、勝手なこと言ったかもしれない……」

「ううん、違うの。ありがとう杏ちゃん」

そうだ。彼のそばは居心地がよくて安心できて、そして幸せになれる。

そばにいたい。ずっとだ。

しかしそれが叶わない未来もある。

それでも、たとえどんな結果になったって、この気持ちはしっかりと伝えたい。

「よし」とわざと声に出す。手のひらをぐっと握って、もう一度言った。

「よし。……じゃあ杏ちゃんにペアのグラスを選んでもらって、背中を押してもらおうかな」

その顔にぱっと歓喜が浮かぶ。

杏はぴょんぴょんとその場で何度か跳ねてみせた。

「任せて！　杏、センスあるから！」

駆け出した彼女に、ぶつからないように気を付けてと言いそうになって、口をつぐむ。

つい忘れそうになる。一緒にいればいるほど、その輪郭《りんかく》が濃くなっていく。彼女は幽霊、彼女は幽霊なんだと自分に言い聞かせながら、一応商品棚や人を避けながら進んでいく杏を追いかけた。

「お姉ちゃんのイメージカラーは水色かなぁ。お兄ちゃんは赤とかオレンジとか……これはちょっと高いなぁ……」

ぶつぶつと呟きながら店内をぐるりと回って、杏はようやく納得のいくものを見つけたようだ。

ころんとした丸いグラスの底に、まるで花びらを広げたような模様がついている。一つは淡いオレンジ、もう一つは水色で、お互いの色が差し色として使われている、まるで夕暮れ時の空のような一対のグラスだった。

「きれい……」

一目見てしっくりときたそれを持ち上げて、窓から差し込む光にかざしてみる。

「ほんとだ。そうやったらキラキラでキレイだね」

そう言って眩しそうに笑う杏の瞳は、太陽もそれを反射したガラスの光も何も映っていない。それなのに、その笑顔は眩しい。

「ありがとう、すごく気に入った」

「……ホントに？　値段も大丈夫？」

「うん予算内だよ。それに、このお店の中で一番きれい」

そばの買い物かごを取って、グラス二つをその中に入れる。もう絶対にこれに決めた。たとえ杏がほかのグラスを勧めてきてもだ。

杏は嬉しいときにその場で飛び跳ねる癖があるらしい。今回は跳ねるのは我慢したようだが体を上下に揺らし、頬を赤くして笑った。

「ちゃんとね、お姉ちゃんとお兄ちゃんがずっと仲良しでいられますようにってお願いしながら探したから」

「うん、ありがとう」

これで百人力《ひゃくにんりき》だ。心強いことこの上ない。

ふと顔を上げた杏が「あ、お兄ちゃん」と笑う。振り返る前に弱りきった声が聞こえた。

「日花、助けてぇ。花瓶全然決まらん」

少し疲れた顔で近付いてきた蛍明が、日花の買い物かごに気付いて覗き込む。

「あれ、お前も買うの？　可愛いやん」

「いいでしょう、杏ちゃんが決めてくれたの」

「マジで？　杏、センスあるやん」

買い物かごからグラスをそっと持ち上げて、蛍明は二人がしたようにそれを陽の光に透かせて笑った。

「ペアで買うん？」

「そう」

「……ほーん」

微妙な返事に首を傾げたが、大笑いした杏の「大丈夫だよお兄ちゃん！　お兄ちゃんの分だからね！」という言葉で、蛍明がグラスの片割れを誰が使うのかを気にしたのだと知った。

もちろん杏の声は聞こえていないので、蛍明はかごにグラスを戻し、取り繕ったように笑う。

「杏、俺のも決めてよ。三つまで絞ったんやけど、そん中で一番ええやつ選んで」

「いいよ！」

「いいよ、って」

「よっしゃ、こっち来て」

それから蛍明の花瓶も無事に杏が決め、会計をして駐車場の車へ戻る。陽はだいぶ傾いていて、ホテルに戻る頃には辺りは暗くなっているかもしれない。

シートベルトを締めながら、日花はふと思い出して蛍明を振り返った。

「本屋さんに寄る時間あるかな？」

「本？　行こう思たら行けるやろうけど、何買うん？」

「杏ちゃんが最終巻だけ読めなかった漫画があるらしくて」

「えっ」と、後部座席で杏が声を上げる。

「なんて漫画?」

「『危険なトライアングル』」

「お姉ちゃんいいの。わざわざ買わなくても、ネットで調べたら最終回の感想とか出てくるだろうし、それを教えてくれたら」

「待てよ、俺それ知っとるわ。ヤクザのやつやろ。読んだことある」

杏の声を遮るように蛍明が言う。その返事に驚いた顔をした杏が、次に浮かべたのは不信感だ。

「少女漫画だよ……?　なんで知ってるの……?」

「少女漫画なのになんで知ってるのかってドン引きしてる」

蛍明が漫画をよく読むことは知っていた。しかし少女漫画までカバーしていたとは知らなかった。

蛍明は何度も首を横に振る。

「ちゃうちゃう、ちゃうねん、そういう趣味があるんやなくて、蝶子や蝶子!」

「誰?」

「蛍明の妹さん」

「前に実家帰ったときに居間のテーブルの上に最終巻が置いてあって、なんとはなしに読んで、気になって蝶子から全巻借りて……その……読んだだけで」

結局全部読んだらしい。

「面白かった？」

「……なかなかおもろかった。最近の少女漫画すごいな、色んな意味で」

成人男性だということはさておき、杏に好きな漫画の読者友達ができた。彼女はようやく不信感を顔から消して、興奮して叫ぶ。

「じゃあ夢那ちゃんがどっちを選んだのか教えて！」

せっかく実物を読めるチャンスがあるのに、聞いてしまってはもったいないような気がする。

「いいの？　誰を選んだのか聞いちゃって」

「最終巻だけやったら買ったんで。ホテル帰ってから読んだらいいし」

その提案にも杏は首を横に振った。

「いいよ。杏、ネタバレとか気にしないタイプだから。本屋さんに寄る時間があるなら、そのぶん海を見に行きたいし」

遠慮しているのだろうかと彼女を見たが、彼女が気を遣っているときにする首を竦める仕草もない。それならしたいようにしてあげようと、蛍明に「教えてあげて」とお願いした。

「そうなん？　欲のない子やな」

「本屋さんに行く代わりに海を見に行きたいんだって」

「おお、そういうことやったらええで」

　蛍明は杏に向かってぐっと身を乗り出した。

「じゃあ言うで。最終巻で、夢那は、なんと………」

　二人はじっと見つめ合う。杏のわくわくした顔が、見つめ合って五秒を過ぎたあたりで次第に焦れてわなわなと震えだす。

「早く！」

「泰生とくっつきました！」

「やったあ‼」

　叫んで立ち上がった杏の顔は車の屋根を突き抜けて見えなくなったが、嬉しそうな声は聞こえてくる。

「喜んどる？」

「喜んでるよ。杏ちゃん、泰生くん派だったから」

「そうかそうか、よかったな」

「蛍明はどっち推しだったの？」

「泰生に決まっとるやろ。イケメンは敵や」

　つんと唇を尖らせて、蛍明は車のエンジンをかける。杏が座席に座ったことを教えると、彼は車を発進させた。

「私だったら、イケメンの郁人くんを応援してたかな」

「いや、結構嫌な奴って描き方されとったから、さすがのお前も絶対泰生派やったと思うで」

駐車場を出て大通りに合流してから、蛍明はぼそぼそと呟く。

「日花、お前、紙の中とかテレビの中やったらええけど、リアルで顔ばっかりで選んどったらいつか痛い目遭うで」

「大丈夫、ちゃんと区別してる。現実で付き合う人は顔よりも内面とか性格の相性重視だから」

「ほ、ほーん……？」

世の中のイケメンという存在は日花にとっての救いだが、彼らは目を合わせたり触れ合ったり冗談を言い合ったりできる存在ではない。

今のほーんの意味はわかる。一気に固まった蛍明の隣に、おそらく二人のやり取りを聞いていなかったのであろう杏が飛び出した。

「ねえお兄ちゃん、最終巻はどんなお話だったか教えて！」

「蛍明、最終巻の内容を教えてだって」

「……オッケー」

「お兄ちゃん、声裏返ってるよ」

それから蛍明は最終巻の内容を、お芝居のような口調で杏に語ってみせた。

郁人に罠に嵌《は》められた泰生を助けるために夢那が行方不明になったりと、なかなかハードな最終巻だったようだが、無事に二人は結ばれ、組織からも抜け出し駆け落ちをして、外国で幸せに暮らしたそうだ。

「そっかぁ、幸せになれたんだね……」

手のひらを合わせ、杏がうっとりと言う。

「知れてよかった……杏、もう思い残すことない……」

ぎょっとする。もしかすると消えてしまうのではとその姿を見守ったが、彼女の輪郭は揺らぎもしなかった。

ホッとしたあと、いやいやと首を振る。彼女には消えてもらわなければならない。楽しんで、もう思い残すことはないと満足したあと、消えてそれから家族のもとに行ってもらわなければ。

最後は杏の笑顔でなければならない。

しかし日花はもう気付いていた。

彼女との別れはどんな形であれ、日花と蛍明にはきっとつらいものになるであろうことに。

「ねえ、夕日が海に沈む瞬間見たくない？」

もうすぐ日没の時間だった。海沿いを走る車内で日花がそう提案し、それに蛍明と杏が賛同する。

カーナビで見つけたビーチの駐車場に入って車を停める。雲一つない空にぽっかり浮かぶオレンジ色の夕日は、日花たちが到着するのを沈まずに待っていてくれた。

杏が指をさした貝殻を拾いながら、浜辺を三人で歩いていく。夕暮れのビーチはまだ観光客が多く、人を避けてビーチの奥まで来てしまった。

もう海に入れる時間ではないが、服を着たまま足首まで浸かってる観光客がちらほら見える。それを羨ましそうに見ていた杏が意を決して波に素足を浸けてみて、その体は濡れないことに気付いたらしい。

「すごい、濡れない！」

はしゃいでどんどん深いほうへ向かっていく杏に、はらはらとした視線を向ける。

それに気付いた彼女が、満面の笑みを日花へ向けた。

「大丈夫だよ！　杏、死んじゃってるから、溺れたりしないよ！」

その言葉に、日花の顔が凍りついた。

そうだ。彼女はもう生きていない。例えばこのまま深海まで歩いていくことだってできる。

それなのに、杏のくっきりとしたその輪郭が波に隠れる度に恐怖を感じる。

彼女はもう死んでしまっているのだ。彼女のほうがよっぽど現実が見えている。

日花の顔が強張ったことに気付いたのだろうか。腰まで海に浸かっていた杏が、浅瀬に戻ってきた。

その途中で、足元を見てパッと顔を輝かせる。

「キレイな貝殻がある」

しゃがんだ彼女のすぐそばに、大きな貝殻が落ちているのが波の隙間から見えた。

日花は自分の足元を見下ろす。海水で傷むような高価なサンダルではない。鞄にハンドタオルも入っているし、濡れてもどうにかなるだろう。

波に足を踏み入れようとして、慌てた蛍明に腕を掴まれた。

「入んの？」

「うん、杏ちゃんが見つけた貝殻を取りたい」

指をさすと、蛍明もすぐに大きな貝殻を見つけたらしい。

「よっしゃ、俺が取ったるわ」

ハーフパンツを膝まで捲り上げて、蛍明はなんの躊躇いもなく波に足を踏み入れた。

「あー、冷たくて気持ちいい……」

その言葉に羨ましくなる。

「……やっぱり私も入りたい」

そっと爪先《つまさき》で、水温を確かめようと水をつつく。その瞬間大きな波が押し寄せて、一気に足首まで海水に浸かった。水が跳ねて、慌ててスカートをたくし上げる。

「冷た……」

「はは、結局みんな入ったな。……お、このピンクのやつか」

蛍明は足元に流れてきた貝殻を拾い上げ、もう一度波に浸して砂を落として、そして杏がいる方向に差し出した。

「杏、これ？」

「これ！　ありがとうお兄ちゃん」

「それで合ってる。ありがとうって」

「どういたしまして。日花に渡しとっていい？」

「うん」

受け取った貝殻は大きくて傷も欠けているところもない。今まで拾った分と一緒に手のひらにのせる。ピンク色の貝ばかりだ。杏はピンクが好きなようだ。

裏返したり持ち上げたりすると、彼女はそれを嬉しそうに覗き込んでいた。

「きれいだね」

「うん、きれい」

落とさないようにしっかり手で包んで、わざと波に足を浸しながらさらに貝殻を探して奥へ進む。

とうとうビーチの端に辿り着いてしまった。ここまで来るともう周りに観光客の姿はない。

砂浜から海に突き出した岩に蛍明が上り、杏がそれに続く。

「カニや！　カニがおる！　杏、こっち来て！」

「蛍明の目の前にいるよ」

彼女はもう蛍明の前で、その手の中のカニを覗き込んでいた。

「いてっ、うわ、こわ！　こいつめっちゃ挟もうとしてくる！」

蛍明の悲鳴と杏の大笑いが響く。

日花も一緒に笑って、二人にスマートフォンのカメラを向ける。そして杏が映らない画面のシャッターを何度か切って、顔を上げて明るい声を出した。

「二人とも、そろそろ沈むよ」

「はーい」

カニを逃がして下りてきた蛍明と、杏を挟んで三人で並ぶ。今か今かと陽が沈みきるその瞬間を待った。

蛍明がボソリと言う。

「……思ったよりも遅いな」

「でもじわじわ沈んでるのわかるね」

また少し黙って、その無言に杏が耐えられなかったというふうに笑った。

「沖縄に来てよかった」

その笑顔を見下ろし、「うん、私も」と返事をする。

「なんて？」

「沖縄に来てよかった、って」

「おおそうかそうか、よかったなぁ。俺も来てよかった。休みもぎ取った甲斐があったわ」

「ほんとにね。仕事大変そうだったけど、蛍明と行きたいってわがまま言ってよかった」

「……別にわがままやと思ってないし。俺やってお前と来たかったって言うたやん」

蛍明のぶっきらぼうな声に、杏の「ぶふっ」と噴き出した声が重なった。

「はー、夕日が真っ赤やなぁ、杏」

「そうだね、お兄ちゃんのお顔みたいだね」

「ほんとにね」

小さく笑い続ける杏の声を聞きながら、また水平線に目をやる。ぼんやり波の音を聞いていると、視界の端で杏が何やらゴソゴソと動いていることに気付いた。彼女は日花の手をそっと握ろうとしていたようで、見下ろされていることに気付いて、さっきの蛍明と同じように顔を赤くした。

笑って手のひらを開く。彼女は日花の顔と手のひらを交互に見てから、おずおずと手に小さな手を重ねた。

もちろん感触はない。慎重に指で包み込んでも、その温かさは感じられない。

それでも杏は顔いっぱいに喜びを滲ませ、「えへへ」と恥ずかしさを誤魔化すように笑った。

「ええ、兄ちゃんはぁ？」

気付くと蛍明も二人を見ていて、不満そうな声を出す。日花の動きだけで二人が何をしていたのかわかったようだ。

杏が「お兄ちゃんもちゃんと繋ぐよ」と手を差し出す。

「蛍明、手のひらを出して。そう、そのまま握って」

日花と同じように手のひらを差し出した蛍明が、重ねられた手をふわりと優しく握り締める。

「大丈夫？　合っとる？」

「大丈夫だよ。ちゃんと握ってる」

「よしっ、杏、そのまま動かすなよ……！」

「オッケー、大丈夫！」

手が離れないようロボットのようにぎこちなく前を向いた二人を見届けて、日花も海の向こうを見やった。

繋いだ手は目を離すとすぐにずれてしまいそうな不安定なものだったが、それでも十分だった。

「はぁ、楽しかったねぇ」

「うん、楽しかったね」

「そうやなぁ、楽しかった」

呟いた三人の間を、夜の始まりを告げる少し肌寒い風が通り抜けて、掴めないその手をぎゅっと握り締めた。

もうじき夕日が沈む。黙ったままそれを見つめる。

海に映った長い夕日はオレンジ色の橋のようで、渡っていけばここから空に昇れそうだ。

その橋が、どんどん短くなる。夕日が細く小さくなる。

あと少し、あと数ミリ。最後に淡い緑色の光を撒いて、夕日は海の中へと沈みきった。

「おー最後きれいやったなぁ。杏、沈む瞬間見れたか？」

蛍明の言葉に、彼女の返事はない。

ゆっくりと隣を見下ろす。

なんとなく、予想はしていた。

小さな手を握り締めていたはずの手は、もう何も掴んでいないことを。

きっと杏もわかっていたのだろう。

辺りを見渡す。この広い砂浜に、杏の姿を見つけることはできなかった。

「……日花？」

「もういない」

力の抜けた手から、杏のために拾った貝殻が滑り落ちていく。

耐えられずにその場に座り込む。唇を噛んだが、ほとんど無意味だった。次々と溢れ出す涙を止めることはできそうもない。

もう二度と、永遠に、彼女に会うことはないだろう。

蛍明も隣に腰を下ろす。

「杏ちゃん、いい思い出になったかな……」

「なったから成仏できたんやろ」

落とした貝殻を拾い、日花の手のひらにのせながら蛍明が言う。

「そろそろ家族に会えた頃やで。杏はもうひとりぼっちの世界におらんでええんやから、喜ばな」

その声が少し震えていて、もう耐えられなかった。ハンカチに顔を押し当て、声も出さずに泣く。

最後に見た杏は笑顔だった。

これでよかった。杏は救われた。

でも、それでも。

「やっぱり、寂しい……」

「そやな、俺も寂しい」

のそりと顔を上げ、蛍明を見る。彼の視線は海の向こうのまだ赤い空だ。

「だって、バイバイも言われへんのか……ちゃんとさよならできたら、まだ……」

黙ってしまった蛍明と、どちらからともなく体を寄せ合う。日花は蛍明の脚に触れ、蛍明は日花の背中に手のひらを当てた。

じっと黙って、寂しさの大きな波が通り過ぎるのを待つ。

日花の嗚咽が止まるまで、蛍明はずっと背中を撫で続けていた。

◇◇◇

「あー……最高…………」

そう絞り出したのは蛍明だ。

窓から見える外は真っ暗で、もう時計の短針は九時を過ぎている。

今二人がいるのはリゾートホテルの広い浴室の、蛍明が六人くらい座れそうなほど広いジャグジーの中だ。蛍明はのんびりと脚を伸ばしていて、日花はその足元に座って、彼の足の裏をマッサージしていた。もちろん二人とも必要最低限の水着を着ている。

「何これ……人生の絶頂か……？　リゾートホテルのジャグジーに浸かりながら、水着の美人女子大生にマッサージしてもらっとんねんで……」

「……煽ててもあと三分で終わりだからね」

「ちょっと満更《まんざら》でもないくせに」

元々約束をしていた。旅行中ずっと運転をしてもらうのは悪いという日花に、蛍明がそれじゃあマッサージサービスをつけてほしいと提案していたのだ。それがどうなったのかこうなった。

少し延長して、さすがに疲れてその足をぽんぽんと叩く。

「はい、時間ですよお客さん」

「えぇ……姉ちゃんもうちょっとサービスして」

「お金とるよ」

「余裕で払うわそんなん」

「馬鹿」

水面をデコピンして、蛍明の体に少し湯をかける。それに彼が二倍返しして、日花が十倍で返して、キャーキャー言いながらお互い頭のてっぺんまでびしょ濡れになるまで湯をかけ合ってから、日花は「ストップ！」と声を上げた。

「熱い、ちょっと涼む……」

「のぼせんの早すぎやろ」

「お湯熱くしすぎた」

ジャグジーの隣には壁一面の出窓がある。その出窓の下はベンチになっていて、防水のクッションがいくつか置かれていた。それに腰を下ろして涼む。

蛍明は壁のスイッチを操作してジャグジーの水流を止め、お湯に浸かったまま日花のそばに寄って浴槽《よくそう》の縁《ふち》にもたれかかった。

「はぁ、すごい旅行やったなぁ……まあ俺はなんもしてへんけど」

「そんなことない。蛍明が車を運転してくれたから、ゆっくり話もできたし色んな所を回れたんだよ」

公共機関やタクシーを使っていたら、あんなふうにたくさん話をすることはできなかっただろう。

「あー、やっぱまだちょっと寂しいな」

そう呟いた彼を見て、水平線を見やるその横顔から視線を逸らして俯く。

彼には姿は見えなかったとはいえ、一日中一緒にいて会話をして仲良くなった少女が、もうこの世にはいないのだ。それは杏にとっては救いだったが、それでも残された人間が感じるのは、もう彼女と会うことも話すこともできないという途方もない寂しさだった。

別の人と旅行に来ていたのなら、彼はこんな思いをせずに済んだのだろう。

「……ごめんね」

「なんで謝んの」

蛍明が浴槽の縁に手を付いて体を乗り出す。

「寂しいけど、それ以上に楽しかったで。予定しとったとこも全部行けたし、買いたいもんも全部買えた。何より杏はもうこれ以上寂しい思いせんでええし」

うんと頷きながらも、顔は上げられない。

「やっぱり、私のそばにいたらこういう目に遭わせちゃうんだなって、改めて思った」

「そんなん気にすんな」

ジャグジーから立ち上がって、蛍明もベンチに座る。

その横顔を見つめたが、彼は慰めようとしてくれているのか、何かを言葉にしようとして考えあぐねているようだ。水を吸った水着の裾を弄る彼の指を見つめて、それからまた窓の外に視線をやる。

曇ったガラスを指でなぞる。その向こうに満天の星が見えた。

「……何描いとん」

「ヤンバルクイナ」

「どこからどう見ても足の生《は》えたサツマイモにしか見えへん」

「ちゃんと首も生やすよ」

「足と首の生えたサツマイモやん」

「渾身《こんしん》の力作なのに……」

「普段クールなくせに絵が下手とかギャップ萌《も》え狙っとんか？」

「……また全身ずぶ濡れになりたいの？」

冷たいガラスをなぞって冷えた指先で、彼の頬をぐいぐいと突く。

「やめ、やめえ」

その指を掴まれ、振り払われるのかと思いきや彼はぎゅっと掴んで自分の膝の上に置いた。

「さっきの話の続きやけど」

なんの話をしていたか咄嗟《とっさ》に思い出せない。そう思ったのが顔に出たのか、「お前が、私のそばにいたらこういう目に遭わせちゃうって言って、俺がそんなん気にすんなって言った話！」と蛍明が懇切丁寧《こんせつていねい》に説明してくれた。

「お前を……！」

叫んで、彼は大きく息を吸ってそれから吐いて、まだ掴んでいた日花の手を引いた。

「お前を……！　その……お前を……好きになって、そばにおりたいって思った時点で、今回みたいなこともあるやろうって思っとったし」

日花はぱちぱちと数回瞬きをして、それから目を見開く。

完全に油断していた。

だって、完全に、愛の告白をするようなそういう空気ではなかった。サツマイモにしか見えないヤンバルクイナを生み出した直後だというのに。

蛍明は一度日花から視線を泳がせて下を向いて、しかし意を決したようにまた日花を見つめた。

「俺がお前のこと好きやって、気付いとったやろ」

「……九割くらいそうかなって思ってた」

「なんでやねん、どこからどう見ても百割ベタ惚れやったやろが」

まあ確かに、女子小学生にもバレバレだった。赤い頬をごしごしと撫でて、蛍明はそっぽを向く。

答えなければいけない、彼の言葉に。私も好きだと。そしてきちんと話し合わなければ。

衝動のまま受け入れて、いっときの幸せに浸らないようにしなければ。

それは――私も好きだと抱きついてそのまま押し倒さないようにすることは、余りにも理性をフル動員しなければならないことだと、日花は初めて知った。

離れていこうとした彼の手を握り返して、その顔を覗き込むように見上げる。

「じゃあさ、私が蛍明のこと好きって、気付いてた？」

蛍明の時間が止まる。少し待ったが、彼は完全に硬直してしまったようだ。

ぽとぽととしずくの滴《したた》る彼の前髪を指で横によけると、ようやくその顔が動き出す。

赤く染まってから、口が開く。そのあとぎゅっと唇を噛んだのは、きっとにやけた笑顔を噛み殺そうとしたからだろう。目が泳いで、戻ってきて、それから今にも泣き出しそうなくらい眉尻が下がる。

そうだ。こうやって感情のままにころころと変わる表情も、彼の好きなところの一つだった。

　わなわなと震える唇から、「ご……ご……」と意味不明な言葉が漏れる。

「ご？」

「ご……ごご……五割くらいそうかなって思っとった……」

「少ないな」

「旅行決まるまでは一割やで。俺と一緒に旅行に行きたいって言ってくれて三割になって、昨日の夜で四割まで上がって、今日車の中で付き合う男の見た目の優先順位が低いって聞いて五割になった」

　そこまでいっても五割だったらしい。まさかそんなに低いとは思わなかった。

「好きでもない男と二人でお風呂に入るような女だと思ってたの？」

「幽霊とはいえ知り合ってばっかりの男を家に上げて一緒の部屋で寝るような女が何言うとんねん」

　うっと口をつぐむ。ぐうの音《ね》も出ない。

「それは……まあ……あれだよ……。でも、あんなことしたのは蛍明が最初で最後だし」

　次に口をつぐんだのは蛍明だ。目に見えて平静を失って、おどおどと唇を尖らせた。

「や、やってお前、普段俺とおってもイケメンの話ばっかしよるし」

「そんなことないよ」

「そんなことある。イケメン俳優がどうのこうのずっと言っとった。イケメン絡んだら人格が変わるし。一緒におるときも、ようイケメン目で追いかけよるし」

それは、あったかもしれない。でもずっとではないはずだ。多分。

「昨日海におったときも、俺がちょっと目え離した隙に何人か声かけられよったやん。ほとんど塩対応やったのに、イケメン外国人だけは自分で追い払わんかったし」

「いや、違うの。あれは……違うの。あれはその……腹筋を見てただけで」

「体目当てか！」

「やめてその言い方。……だって、蛍明だって胸の大きい人が目の前にいたら思わず見ちゃうでしょ」

「俺は昨日お前の胸以外視界に入れてない」

またしても口ごもる。一途な発言に一瞬ときめきかけたが、それはつまり『お前の胸だけをガン見していた』ということだ。それは特に胸を張って言う台詞ではない。

「お前の恋愛対象はイケメンだけやと思っとった。俺はお前の秘密知っとる気い許せる男友達くらいなんかなって。やから気持ち打ち明けて、そんなつもりじゃなかったのにってフラれて、この関係が崩れるんが怖かった。せっかく……近くにおれとんのに」

その目が伏せられる。

「お前美人やし、なんだかんだ優しいし、おまけに金持ちやし。そこらへんのイケメンくらいコロッと落とせそうやし。俺の出番なんかないんやって思っとった」

言いたいことはたくさんある。しかし先に蛍明の言い分を全て聞いてからにしよう。そう思っていたのに、彼はそこで口を閉じて、何か言うことがあるのなら言ってみせろという顔で日花を見下ろした。

「……それだけ？」

呆然と尋ねる。

「一年も私にせっせと尽くしたのに、好きだって言わなかったのはそれのせい？」

「……なんか他にある？」

「私の、幽霊が見える体質のせいだとか」

蛍明は眉を寄せて小首を傾げる。

「そんなん気にしたことないわ」

あっけらかんと言い放たれたその言葉は、日花に気を遣ったものではなく心から言ったもののようだ。

蛍明がこの中途半端な関係を終わらせるための一歩を踏み出さなかった理由。それがこの、生きていくために身につけた面食いが原因だったなんて。

ショックを受ける日花の隣で、蛍明もハッと目を見開いて唇を震わせた。

「……待って……俺ら、もしかして、両想いなん……？」

「そうだよ」

「じゃあ、付き合う……？」

おそるおそるのその言葉に、口を引き結ぶ。その日花の反応に、蛍明も浮かれかけていた口角を下げた。

「日花」

名を呼ぶ声に、ずっと繋いでいた手を離そうとしたが、それに蛍明の指が絡まって引き戻した。

「お前……逃がす思とんのか。どれだけこのときを待ちわびた思とんねん……」

ドスのきいた声に思わず後退ったが、すぐに両手首を掴まれる。

「逃がすかいや！　観念せえ！」

「……完全に悪役の台詞なんだけど」

手首を掴む手を振り払おうとしたが、拗ねきってしわの寄った顎を見てやめた。

もちろん、何も言わずに逃げたりはしない。

「……ねえ、蛍明。しっかり考えて。私と付き合うのなら、今回みたいなことがもうないとは言い切れない」

「……日花、何度でも言うたるけど」

「今回はたまたま、幽霊がすごくいい子だった。成仏もさせてあげることができた。こんなに上手くいくことなんてなかなかないの」

　少し離れて話がしたかったのに、彼は意地でも手を離そうとしない。

「……成仏させてあげることができるのなんて、半分もいない。残りの幽霊には、私は恨まれるしかない。蛍明ならわかるでしょう？　あなたが幽霊だったとき、私には手に負えないってその場を去っていたら、私を恨んだでしょう？」

　彼の視線が下がる。じっと黙ってあのときのことを思い出していた蛍明は、ぽつりと呟いた。

「……恨みはせえへんけど、見捨てられたみたいな気分になって、悲しくはなっとったやろな」

「うん。そうやって悲しませたことだってある。怒鳴られたり、罵《のの》られたり、付き纏われたりすることだってある。上手くいったって、今回みたいに別れを悲しんでいつまでも落ち込んでることも」

　彼の視線を避けて窓の外を見た。

「そうなるってわかってるくせに、私は同じことを繰り返すの。放っておけない、私にならなんとかなら救えるかもって、中途半端な正義感と自己満足で……自分で決めたルールすら守れずに」

今回だって、蛍明のことだけを考えれば関わらないことが一番だったはずだ。何も知らせずに、何もいないふりをして。そうすれば彼は、火事で家族を亡くし自身も幽霊になり、半年もの間ひとりぼっちで泣いていた少女がいるなんて、そんなこと知らずに済んだ。その少女との永遠の別れを悲しむことだってなかった。

わかっていたのに、救いたいという自分の気持ちを優先した。

「その欲求を満たすために、私は周りを、あなたを巻き込んでしまった。私はまだ、蛍明を一番に想ってあげられない。きっとまたあなたを傷付ける」

もう顔を上げることができない。彼がどんな顔をしているのか見るのが怖い。

「……それに、この体質は遺伝する。もしかしたら子供にも遺伝してつらい思いをさせるかもしれないし、蛍明も大変な思いをするかもしれない。普通ならしなくてもいい苦労を、いっぱいさせてしまうかもしれない」

まだ蛍明は両手を離さない。握り締めたまま彼は微動だにしない。

そばにいてほしい、この手を離してほしくない。そう願うのに、こんな人生に彼を巻き込みたくもないとも考えてしまう。

「だから蛍明、よく考えて……」

少し待っても、彼は返事をしなかった。震え始めた手を、一度ぎゅっと握っただけだ。

意を決して、日花は顔を上げる。そして言葉を失った。

彼の顔が予想に反して、へらへらと緩みきっていたからだ。

怪訝に眉間を寄せた日花に、蛍明はなんとか顔を引き締めようとしているようだが、口角がぴくぴくと上下している。

「あのさ……日花」

照れたような声でぼそぼそと言って、蛍明は耐えきれなかったように噴き出した。腹を抱えてひいひい笑い出した彼を見下ろす。

そんなに大笑いするような面白い話をしただろうか。

笑いやむのを待っていたが、あまりにもいつまでも笑っているので、真剣な話をしていた自分がなんだか馬鹿らしくなってきて、体の力を抜いて窓にもたれかかった。

ヤンバルクイナをもう一羽増やそうと伸ばした指を、蛍明が「ごめんごめん」と押し止める。

濡れた前髪をかき上げて、彼はようやく日花に向き合って笑いながら言った。

「あのさ……お前さ……俺の子供産む気満々なん……？」

目を丸くした日花を見て、蛍明はさらにぶはっと噴き出した。

「断ろうとしとんのかプロポーズしとんのかハッキリせえよ！」

「ちっ、ちが……！」

いや、確かに二人の子供の話をした。ただそれは可能性の話であって、もし付き合うのなら上手く続けば結婚につながるだろうし、世間一般的に結婚すれば子供はどうするだとかそういう話が出てくるはずだし、だからその話をしただけで、別にプロポーズをしたわけでは。

心の中でつらつら言い訳を並べたが、結局何も言えない。

一気に顔に熱が集まってきて、それを誤魔化すためにいまだに笑い続ける彼をキッと睨んだ。

「……この歳で付き合うなら、念のため、念のためよ、念のため結婚を視野に入れるのは別におかしくないでしょ……」

「そうやな、一生俺のそばおってくれんねやったら嬉しいけど」

大笑いしたときに離された手を、彼がもう一度掴む。思わず視線を逸らしてしまった。

それこそプロポーズみたいだ。

熱い顔を上げられない。完全にさっきと立場が逆になってしまった。

「日花」

囁くような声とは裏腹の、少し乱暴な指が頬を挟んで無理やり顔を上げさせる。目の前には完全にペースを掴んだ自信たっぷりの蛍明がいた。

「お前がアホがつくほどのお人好しで自己犠牲的なんは、俺がよおおお知っとんねん。それで命救われたんや俺は。ていうか何を今さら言うとんねん。そんなん幽霊のときから知っとるわアホ」

「……アホって言うな……」

か弱い抵抗の声を、両頬を揉まれて遮られる。

「そういう人やって知っとるから好きになったんや。知っとってもう一回会いたかったんや。一人で危なっかしくて見とられへんから、そばにおりたいって思ったんや。今回やって、何も偶然居合わせたからじゃあしゃーない協力したるかってやったんちゃう。ずっとこうやってお前を助けたいって思っとった。やっとそのときが来たって満を持して協力して、それが運よくいい方向に解決できてホッとしとる」

頬を掴む手が離れる。

もう視線を固定するものはなかったが、目を逸らすことはできそうにない。

「俺はなんにも見えへん。霊感なんか一ミリもない。……でも」

必死な顔がぐっと近付く。

「見えんくたって、お前の隣に立って、お前を支えることはできる。今回で証明できた」

どうして、どうしてわざわざ、そんなつらい道を歩もうとするのか。

「お前が好きやから……お前が幽霊と関わりたいって思うなら今回みたいにできる限り助けるし、関わりたくないって思うなら、幽霊なんか目に入らんくらい一緒に楽しいことしたらいいし、楽しいとこ連れてったるし。お前が怯えとんなら抱き締めたいし、迷うことがあったら一緒に考えたいし、選択を間違えたんなら一緒に反省したい」

視界が滲む。何度瞬きをしても、彼の顔はすぐにぼやけてしまう。

「子供も、その、そういうこと悩むくらいまで関係が進んだなら、そのとき真剣に話し合お。今とそんときで絶対に二人の考えも変わるやろうし、どうなるか誰にもわからん未来をあれやこれや決めつけて、今お前と離れるのなんか絶対に嫌や」

持ち上げた手を、蛍明は両手で握り締める。そしてそれを唇に押し当てた。

「好きや、日花。今度は俺がお前を助けたいねん。俺を一番に想って俺のために生きろなんか言わへん。お前が誰かに助けてもらいたいって思ったとき、一番に俺を思い浮かべてくれて、一番に駆け付けられる場所におらしてくれんねやったら、それだけで嬉しい」

ぽとりと涙が落ちた。

次々と溢れて頬を伝い、胸元を濡らしていく。

こんなことを考えてくれていたのか。ずっと見守ってくれていたのか。

蛍明は覚悟なんかとうの昔に決めていて、そしてそばにいたいと願ってくれていた。

ずっと靄《もや》のかかっていた未来が、少しだけ晴れたような気がした。彼の言うとおり、未来がどうなるかなんて誰にもわからない。ずっと幽霊を助け続けるのか、それともいつかそれをやめるときが来るのか。それは日花にもわからない。

それでもその未来を、彼は一緒にいると言ってくれた。

悩むことなんてなかったらしい。

蛍明が困ったように眉を下げる。

「泣かんといて」

ぐずっと鼻をすする。ここまでしてもらえて、こんなに想ってもらえて、嬉しくて泣かない女なんてきっといない。

彼が手の甲で頬を撫でて涙を払う。二、三回繰り返してようやく流れ落ちる涙がなくなって、ぎゅっと握り締められた手の向こうで蛍明が真剣な顔をした。

「俺の彼女になってください！」

浴室にその声が響く。

我慢したが、もう無理だった。

「……ふ、ふっ」

「……なんやねん、笑うなや」

「ごめ……っ、ふふっ」

空いている手で腹を押さえ、なんとか笑いを収めようとするがそう思えば思うほど笑いがこみ上げてくる。

笑うほど面白いことがあったのではなく、おそらくこれは照れ隠しだ。

痺れを切らした蛍明が二の腕を掴んで、ぐらぐらと揺らした。

「返事は⁉」

「言う！　言うから待って！」

まだ笑いながらなんとか呼吸を整えて、彼と向き合う。途端に緊張を露《あら》わにしたその顔に、勢いのまま言った。

「うん、彼女にしてください」

ぶわっと、元々赤かった彼の顔がさらに赤くなる。

「……うん」

その顔も声も、今にも泣き出してしまいそうだった。

両手が伸びてきて、頬を包み込む。その手が何度も頬を撫でる。

「……ずっと触りたかった。海で泳いどるときも、今日の朝、寝顔眺めとるときも。今まで二人で一緒におったときも、幽霊のときから、ずっと」

「うん、知ってる」

そっと彼の手に手を重ねる。

「私も、触ってほしかった」

吸い込まれるように近付いて、触れるだけのキスをする。

顔が離れて、でも視線を合わせるのが恥ずかしくて俯くと、彼も照れているのか何も言わずもぞもぞと日花に近付いて、そっと背中に手を回して抱き締めた。

幸せだ。でもお互い水着を着ているせいで肌同士が触れ合っていて、それはなんだかくすぐったい。

背中に当てられた彼の手が熱くてたまらないなとぼんやり思っていると、ふいに蛍明の体がぴくりと強張った。

「なあ日花……俺えらいこと気付いてもた……」

「……何？」

深刻そうな声に、思わず体を離してその顔を覗き込む。

「ジャグジーで遊んでから交代ごうたいで体洗って出よって言うとったやん？」

「うん」

「先に体洗うほう、全裸見られるやん……」

言われて気付いた。そういえばそうだ。

もう二人は恋人同士になった。すぐにでも全裸を見せ合う仲になるだろうが、初めてが体を洗う姿だというのは少し恥ずかしい。

一人が体を洗っている最中に、もう一人は後ろを向いているしかない。

右手を差し出す。

「じゃんけんで負けたほうが先に」

「ちょっと待って！」

叫んで言葉を遮って、蛍明はそっと、何も身に着けていない胸の前で両手をクロスさせた。

「もし負けたときの……心の準備が……」

これはボケているのか、それとも本気で恥ずかしがっているのかわからない。どうツッコもうか少し考えて、面倒くさくなってやめた。

「じゃあ私が脱ぐね」

水着のホルターネックを解こうと首に手をやると、蛍明はぎょっと日花に視線をやり、それから慌てたように両手で顔を覆った。

「待ちい！　おまっ、ほんま、ちょっと待って、心の準備が……！」

目に見えて狼狽え慌てる蛍明に、むくむくといたずら心が湧いてくる。

「ほら、脱ぐよ」

「はあ!?　男らしすぎるやろ！」

少しの間のあとに、おそるおそる蛍明が声を出す。

「え、ほんまに脱いだん……？」

「見ないの？」

「見いひんから、はよ体洗って出て……」

そう言って彼は顔を覆ったまま体を反転させ、ベンチの上で体育座りをして日花に背を向けた。

にやにやと笑いながら、背後から彼の耳に唇を寄せる。

「ねえ蛍明」

「ひぎっ！」

「私たち、恋人同士になったんでしょう？」

その肩に触れると、彼はこの熱い浴室の中で、まるで凍り付いたように体を強張らせる。

「見てもいいよ」

覗き込んで横顔に囁きかけると、長い時間をかけてゆっくりと蛍明が顔を覆っていた手を離す。その唇がぐっと引き結ばれて、それから彼は意を決したように日花を振り返り、肩を掴んで。

「に、ち……」

「まあ脱いでないけどね」

脱ぐよとは言ったが脱いだとは言っていない。

蛍明はまるで裏切られたとでも言いたげな顔で、日花の顔と胸元を交互に見ている。

そして両手で顔を覆って、それはそれは悔しそうに叫んだ。

「俺は一生こうやってお前の手のひらでコロコロされながら生きていくんや……！」

エピローグ

日花はゆっくりとまぶたを持ち上げる。

いつの間にか寝てしまっていたようだ。

見上げるとシートベルトの着用サインは消えていて、そのままぼんやりと窓の外を見た。

離陸した飛行機は海の上を飛んでいる。美しい島々はもう見えない。

隣に座る蛍明は、乗り込んですぐに寝てしまった。激務の合間の旅行だったし、ずっと運転をしてくれていたし、疲れてしまったのだろう。

日花も体は疲れきっていたが、一度起きてしまったせいかもう眠気は来そうもない。

スマートフォンを取り出して、アルバムを眺める。

釣った魚を抱え大きな口を開けて笑う蛍明や、海の中を撮ったもの、泳ぐ姿や、ホテルから見えた夜景。

そのあとの写真は二日目のものだ。相変わらず満面の笑みをカメラに向ける蛍明。

その隣に不自然に空いた空間には、何も、誰も写っていない。

今、心を満たしているのは、充足感と物悲しさだ。

やはり幽霊を助けたあとは、こんな切ない気持ちにさせられる。

本当に天国なんて場所があるのかはわからないが、もしあるのなら、彼女はきっと家族と過ごしているのだろう。

朱色の美しい城のことを、大水槽を悠々と泳ぐジンベイザメのことを、陽の光でキラキラ輝くガラスを、海に沈む夕日のことを、家族に聞かせてあげているはずだ。

勝手に涙が滲んできて、何度か瞬きをする。これまでならひとりじっと耐えていたが、今は違う。

蛍明の肩にそっともたれかかる。起こさないようにしたつもりだったが、彼は小さく呻いて細く目を開いた。

「ごめん、起こしちゃった」

「ええよ」

寝起きの掠れた声で言って、それから彼は日花の頭に頬を擦り付けた。

「寝てていいよ」

「うん」

そう返事をしながらも、蛍明は肘掛けにのせていた日花の腕を撫で、指を絡める。

「はぁ……最高な旅行やったなぁ……」

「うん、そうだね」

色々あったし、色々悩んだ。それでも、概ね上手くいったはずだ。杏は救われた。そして、こうやって蛍明と気兼ねなく触れ合える関係になれた。

何も後悔はない。何も。


「……あ」

思わず声を上げる。

思い出してしまった。たった一つだけ、後悔していることを。

「何？」

「あのね、やっぱり買っておけばよかったなって、あのピアスの色違い」

一日目の夕方、迷いに迷って結局一つしか買わなかったあのピアスだ。蛍明の言っていたとおり、飛行機代やホテル代が浮いた分で少しくらい羽目を外せばよかった。昨日の夜に通販がないか見てみたがしていないらしく、おそらくもう二度と手に入らないだろう。

それを聞いて、蛍明がふっふと笑う。

「それじゃあやっぱり、お前の今回の旅行は完璧で最高やったはずやで」

どういうことだと訝しむ日花の前で、蛍明が座席のポケットに入れていた鞄を手に取った。そこから取り出したのは見覚えのある小さな紙袋だ。

「……まさか」

手渡された紙袋を開き、中から小さな箱を取り出す。その箱に入っていたのは、案の定買わなかったほうの陶器のピアスだった。

「いつの間に……！」

「お前がレジしとるときに、その後ろで店の人にジェスチャーでこれ欲しいって伝えて、お前が見えへんとこでお金渡して包んでもらってん。店員さんもノリノリでやってくれたで」

全く気付かなかった。

確かにあのとき、日花と蛍明の買う買わないの押し問答を、店の人はそばで見ていた。

「ほんとに、もう……」

「ええやろ、彼女にプレゼント買うくらい」

「あのときはまだ付き合ってなかったけどね」

「細かいこと気にすんな」

笑う蛍明を見上げて息をついて、それからその腕にぎゅっとしがみついた。

「ありがとう、嬉しい。最高の旅行になった」

「うん。お礼はちゅーでええで」

「家に帰ってからね」

伸びてきた唇を手で遮って、日花は早速ピアスを持ち上げた。

「今日の服に似合うよね。つけていい？」

「もちろん。つけたるわ」

元々つけていたピアスをとって箱にしまい、陶器のピアスを蛍明に手渡す。彼が慎重に通してくれたものにキャッチをつけて、それから髪をかき上げて両耳が見えるようにした。

「どう？」

「うん、天才的に可愛い」

「ありがとう」

日花はこっそり辺りを見渡す。蛍明の隣、通路側にはもう一人乗客がいたが、アイマスクをして眠っているようだ。客室乗務員も近くにはいない。

蛍明の腕を引く。「何？」と聞いた唇に一瞬唇を押し当てると、すぐに離れた。

少し気恥ずかしくて、ぶっきらぼうに言う。

「お礼」

蛍明は瞬きをして、状況を理解してからでろりと顔を溶かした。

「ふひっ、ふへへ……あかん、変な笑い出る……」

「家に帰ってからって言ったけど、それじゃ先になっちゃうから」

東京に戻り、最寄り駅に着けば、そこからバスは別々だ。二泊三日一緒にいただけで驚くほど離れがたいが、お互い片付けもあるし、特に蛍明は疲れている。家に来てだとか行きたいだとか、そんなわがままは言えない。

「あ、俺帰りお前の家寄るで」

　言えないと思っていたが、蛍明はあっけらかんとそう言い放った。

「俺のスーツケースん中に、お前のジンベイザメ入っとるやろ」

　そういえばそうだった。お土産を買いすぎて、日花の上半身ほどの大きさがあるぬいぐるみがスーツケースに入らなくなってしまい、蛍明に運んでもらっていたのだ。

「……でも、蛍明疲れてるでしょ？　預かってくれてたら、別の日に取りに行くよ」

　それとも、蛍明の家に寄ってぬいぐるみを受け取って、少し恥ずかしいが抱えて帰ってもいい。明後日からまた激務へと戻っていく蛍明を気遣ったつもりだったが、彼は唇を尖らせてぼそぼそと言った。

「もうちょっと一緒におるための口実やったんやけど、あかんの……？」

　顔色を窺う上目づかいに、ぎゅんと心臓が強く鳴る。

「……別に、蛍明が疲れてないなら、好きにすればいいけど……」

　思わずいつもの可愛くない態度が出てしまって後悔する。これなら蛍明のほうがよっぽど素直で可愛い。

今からでも一緒にいたいと言おうか迷って顔を上げると、満面の笑みの蛍明と目が合った。その顔はきっと、日花の何もかもを見透かしているのだろう。

「それじゃあ行くから、家着いたらもう一回しっかりお礼してもらお」

「……昨日いっぱいデレたから、今日はもう売り切れだからね」

「そんなことない、もっとデレれる。お前はやればできる子や」

ニヤニヤとした顔で嬉しそうにそう言うので、もういたたまれなくなって蛍明の肩に頭を押し付けた。

「……着いたら起こすから、寝てていいよ」

「そう？　寂しない？」

「ない」

「じゃあ頼むわ」

蛍明はくあっとあくびをして、押し付けている日花の頭にキスをする。それからあっという間に寝息を立て始めた。

穏やかな呼吸音をそばで聞きながら、ピアスに触れる。指先でつつくと、からから音を立てて首筋をくすぐった。

また窓の外に目をやる。

太陽の光を反射してキラキラ輝く海が見える。

今日もきっと、一日中晴天だろう。

《了》

あとがき

読者の皆様、はじめまして。未礼と申します。

このたびは『私のめんどくさい幽霊さん』をお手に取っていただき、誠にありがとうございます。

本作は「小説家になろう」さんに投稿していた『面食い女子大生と平凡な幽霊』を改題し、加筆修正を行ったものです。


関西弁を話す男ってもしかしてめちゃくちゃ魅力的なのでは？　と気付いたのは、本作を書き終えてからでした。

私は物心つく頃に関西に引っ越してきて、それからずっと関西に住んでいます。普段使っている言葉ももちろん関西弁です。そこそこ長い期間小説を書いてきましたが、最近になっても「え⁉　これ標準語ちゃうの⁉　関西弁なの⁉」という言葉が多々あります。

関西弁しか話せないことは小説を書くに当たってハンデなのではないかと悩むこともあったのですが、むしろ逆にそれを利用してやればいいのではないかと一念発起し誕生したのが、蛍明でした。

関西弁で三枚目、太陽のように明るくボケ倒し、しかし繊細な面もあり泣き虫というギャップも完備。

これまでイケメンスパダリ高い地位を持つめちゃくちゃ強い王子様系ヒーローばかり好んで書いていた私に、果たして関西弁フツメンヒーローを魅力的に書くことはできるのか、という挑戦でしたが、私の考えた最強の関西弁男子を書ききることができたと自負しております。

私が今まで書いてきた中で、蛍明は一、二を争う濃いキャラになってくれました。

最後になりましたが、「小説家になろう」さんやＳＮＳで本作を評価、宣伝してくださり日の目を見させてくださった読者様、たくさん相談に乗っていただき私のやりたいようにさせてくださった担当編集様と編集部の皆様、解釈ドストライクの表紙イラストを手掛けてくださったイラストレーターのげみ様、そして、本書を手に取ってくださった皆様へ、心からの感謝を申し上げます。

またどこかでお会いできたら嬉しいです。

ありがとうございました！

未礼

付喪神が言うことには
〜文京本郷・つくも質店のつれづれ帖〜

三沢ケイ　装画／ふすい

『ご不要品のお引き取り致します　つくも質店』
文京区本郷にある無縁坂の途中にひっそりと佇む質屋——つくも質店。そこは物に宿った付喪神と交流できる力を持つ親子が営む不思議なお店。大学二年生の遠野梨花は、とある事情によりお金を工面すべく大切な万年筆をもってつくも質店を訪れるのだが、ひょんなことからそこでアルバイトを始めることに……。これは物に宿る神様——付喪神とつくも質店にまつわる人々による心温まる物語——。

©Kei Misawa

偽りの錬金術妃は後宮の闇を解く

三沢ケイ　イラスト／きのこ姫

光麗国の皇都・大明では、ここ数ヶ月の間に奇妙な鬼火が度々目撃され、民衆に不安と恐怖を与えていた。やがて人々の間にこの怪奇現象が、身分の低い母を持つ現皇帝が即位したことへの天帝の怒りであるという噂がたち始める。事態を重く見た皇帝──潤王はこの現象を解明するべく、有能な錬金術師を探させるため側近の官史・甘天佑を東明に向かわせる。そこで天佑は少年の格好をした錬金術師の少女・玲燕と出会う。天佑から依頼を受けた玲燕は錬金術の知識で怪奇現象の謎を解明するため、後宮に潜入することになるのだが──。

©Kei Misawa

王宮侍女アンナの日常

腹黒兎　装画／鳥羽 雨、コウサク

かつて『真実の愛』が蔓延した結果、現在では政略結婚が下火傾向。男爵令嬢であるアンナが仕事と出会いの両立を期待し、王宮侍女となって早二年。侍女なのに月の大半を掃除仕事ばかりさせられても、あまり気にせずポジティブに掃除技術の研鑽に努める日々を過ごすアンナだったが、アレな掃除が一番の悩みで——。
煌びやかな王侯貴族の世界の裏側を、王宮侍女アンナのひとり語りで赤裸々に綴る宮廷日常譚。

©Haragurousagi

宮廷書記官リットの優雅な生活

鷹野進　装画／匂歌ハトリ

王家の代筆を許される一級宮廷書記官リットが、少年侍従トウリにせっつかれながらも王家が催す夜会の招待状書きにとりかかっていたところ、ラウル第一王子からの呼び出しを受け、タギ第二王子の婚約者の内偵を命じられる。世間では悪役令嬢なるものが流行っていて、その筆頭がその婚約者らしい。トウリとともに調査に乗り出すリットだったが、友人である近衛騎士団副団長ジンからタギを巡る三角関係の情報を得るも、事態は夜会での大騒動に発展し――!?
三つ編みの宮廷書記官が事件を優雅に解き明かす宮廷ミステリ、開幕。

©Shin Takano

藤倉君のニセ彼女

村田天　装画／pon-marsh

学校一モテる藤倉君に、自称・六八番目に恋をした尚。ひょんなきっかけから、モテすぎて女嫌いを発症した藤倉君の女除け役として「ニセ彼女」になるが、この関係を続けるためには「藤倉君を好きだとバレてはいけない」ことが条件だった――。周囲を欺くための「ニセ恋人」関係を続けるには、恋心を隠して好きな人を騙さなければいけない。罪悪感を抱えながらも藤倉君と仲を深める尚の恋の行方は……。あたたかくて苦しい青春ラブストーリー。

©Murataten

古都鎌倉、あやかし喫茶で会いましょう

忍丸　装画／新井テル子

恋人に浮気され、職も失った詩織は、傷心旅行で古都鎌倉を訪れる。賑やかな春の鎌倉の地を満喫しながら、休憩場所を求めてたどり着いたのは、ある一軒の古民家カフェ。“あやかしも人間もどうぞ„――怪しすぎる看板を掲げたカフェの中で詩織を待っていたのは、新鮮な鎌倉野菜と地魚を使った絶品料理、そして「鬼」のイケメンシェフと個性豊かなあやかしたち。ひょんなことから、詩織はそのカフェで働くことになるのだが……。元OLのどん底から始まる鎌倉カフェライフスタート！

©2019 SHINOBUMARU

一二三文庫

私のめんどくさい幽霊さん

2023年9月5日　初版発行

著　者　　未礼
発行人　　山崎　篤
発行・発売　株式会社一二三書房
〒101-0003
東京都千代田区一ツ橋2-4-3 光文恒産ビル
03-3265-1881
https://www.hifumi.co.jp/

印刷所　　中央精版印刷株式会社

■作品の感想、ファンレターをお待ちしております。
■本書の不良・交換については、メールにてご連絡ください。
株式会社一二三書房　カスタマー担当
メールアドレス：support@hifumi.co.jp
■古書店で本書を購入されている場合はお取り替えできません。
■本書の無断複製（コピー）は、著作権上の例外を除き、禁じられています。
■価格はカバーに表示されています。

©Mirei　Printed in Japan
ISBN 978-4-8242-0026-6 C0193